Le Voyage de Monsieur Raminet

DU MÊME AUTEUR

Transit, roman, Gallimard, 1972
Le Chat qui voulait aller à Saint-Malo, Éditions Ouest-France
La Trompette de Corentin, Éditions Ouest-France
Mauvais rêve, Jean-Paul Rocher éditeur, 2001
Brins de zinc, Jean-Paul Rocher éditeur 2003

Daniel Rocher

Le Voyage de Monsieur Raminet

Roman

LE SERPENT A PLUMES

Collection Motifs
dirigée par Pierre Bisiou

MOTIFS n° 194

Première publication : 2000, Jean-Paul Rocher éditons
© 2004 Le Serpent à Plumes pour la présente édition

Illustration de couverture © Karen Petrossian,
Olivier Mazaud, Bernard Perchey

N° ISBN : 2-84261-479-8

LE SERPENT A PLUMES

20, rue des Petits-Champs – 75002 Paris
http://www.serpentaplumes.com

À PROPOS DE L'AUTEUR

Daniel Rocher est né à Cherrueix, Bretagne, en 1947. Comédien à l'ORTF dans sa jeunesse, il sera aussi producteur d'émissions pour France-Culture.

Avocat au barreau de Paris, il partage son temps entre cette ville et Saint-Malo.

LE DÉPART

IL S'APPELAIT comme il pouvait, c'est-à-dire Félix Raminet. Soixante-six ans après sa naissance, il prit sa retraite. Trois jours plus tard, il était en train de tenir des discours enflammés à un garagiste qui était aussi marchand d'essence et de voitures. Le garagiste était grand, ossu, poilu, cambouisé, épuisé. Monsieur Raminet était petit, rond, chauve, lustré, excité. Le garagiste portait, à la commissure des lèvres, un morceau de cigarette éteint, jaune foncé. Monsieur Raminet portait, sur son nez retroussé, des lunettes à monture claire, comme ses yeux.

« Quel ingénieux dispositif ! » s'exclama-t-il. Le garagiste poussa un soupir. Ses yeux regardaient de tous côtés. Ils s'arrêtèrent sur son apprenti qui était resté en arrière pour mieux jouir du spectacle tout en s'expliquant avec un chewing-gum usagé.

Il y avait, dans les yeux du garagiste, la prière muette que le boxeur adresse à son manager quand il souhaite d'urgence le jet de l'éponge. Mais l'apprenti se contenta de former une grosse bulle blanchâtre qu'il fit exploser avec satisfaction. La rencontre entre son patron et Monsieur Raminet durait depuis environ une heure. Déjouant les pronostics les plus raisonnables, le petit avait immédiatement pris l'initiative et n'avait cessé de garder le dessus. Empêchant le garagiste de tenter la moindre ouverture, il ne cessait de le malmener sous une rafale de questions dont chaque réponse ravivait un enthousiasme impitoyable. Jamais voiture de série n'avait été autant encensée. Chacune de ses caractéristiques était un objet d'adoration. Le moindre perfectionnement était source d'extase.

« Vraiment très ingénieux ! répéta Monsieur Raminet.

— Oui, c'est pratique, c'est sûr ! gémit le garagiste.

— Ainsi donc, grâce à cet essuie-glace installé sur la vitre postérieure, on peut, par temps de pluie, effectuer des marches arrière dans les conditions de sécurité égales à celles des marches avant ?

— Oui, monsieur !

— Très ingénieux, et fort utile ! La voiture de l'auto-école en était – hélas ! – dépourvue. Je le regrette. Je le déplore. J'aurais pu m'exercer davantage à la marche arrière et, ainsi, me familiariser avec cet exercice délicat entre tous, n'est-ce pas ?

— Sûr ! Dites... je peux vous poser une question ?

— Mais volontiers ! S'il est en mon pouvoir d'y répondre, je le ferai avec un empressement qui ne sera que le juste retour de l'amabilité et de l'obligeance que vous n'avez cessé de témoigner à mon endroit.

— Ouais... attendez... Je voudrais seulement savoir : ça fait combien de temps que vous avez votre permis ? »

Monsieur Raminet sourit et – ce qui était chez lui signe d'émotion – ôta ses lunettes, les essuya avec sa pochette, les réajusta sur son nez et, plantant dans les yeux du garagiste son propre regard rempli d'un légitime orgueil :

« Je suis titulaire de ce diplôme depuis hier après-midi, à 17h30.

— Ah, d'accord !

— Je mesure votre étonnement, mon ami, et crois percevoir les fondements de votre interrogation. Vous vous demandez assurément quelles raisons ont pu pousser un homme de mon âge qui, sans être trop avancé, n'en est pas moins certain, à se lancer dans la conduite automobile ; quels motifs mystérieux ont justifié qu'il se présentât à cet examen – le dernier, sans doute, de sa longue carrière; à quels impératifs, enfin, il a pu obéir pour décider de supporter la charge financière que représente l'acquisition, puis l'entretien, d'une voiture qui, comme celle-ci, sans être à proprement parler luxueuse, n'en offre pas moins les éléments d'un confort décent et le charme d'une silhouette agréable?

— Ben...

— À toutes ces questions, qu'il n'est que trop naturel que vous vous posiez, une réponse, une seule: li-ber-té!

— Tiens, donc!

— Après plus de quarante ans de service public, quarante ans d'horaires imposés, quarante ans de corrections – souvent nocturnes – de devoirs où, je puis bien vous le confier, trop souvent le charabia le disputait à l'inculture; après, en un mot, quarante ans de ponctualité et de rigueur, concevez-vous, mon ami, qu'on soit pris d'une farouche, d'une sauvage envie de liberté?

— Ne vous énervez pas, monsieur...

— Raminet. Je suis très calme! »

Mais ses yeux s'étaient embués et il dut à nouveau ôter ses lunettes et sortir sa pochette.

Le garagiste profita de cette interruption technique pour exprimer ses préoccupations:

« Je voulais simplement vous dire de… enfin, d'être prudent, quoi ! »

Monsieur Raminet se redressa de toute sa taille, ce qui lui permit d'atteindre l'épaule de son interlocuteur :

« Mon ami, votre sollicitude part d'un bon naturel, mais quittez ce souci ! Apprenez, en effet, que, contrairement à la "conduite", j'ai eu le "code" du premier coup !

— Ah, ça c'est bien, faut reconnaître ! Mais…

— Je suis donc parfaitement au fait de mes devoirs… et de mes droits !

— Je discute pas ça, moi ! Seulement…

— Quoi donc ?

— Ça me regarde pas, mais… on peut savoir où vous comptez aller ?

— À Saint-Malo ! »

Monsieur Raminet eut un petit rire canaille. Le garagiste plissa les yeux. Monsieur Raminet plissa les siens. L'apprenti s'était mis à piacher au ralenti. Un client, qui était en train de prendre de l'essence, avait tourné la tête vers eux, la main tenant toujours le tuyau de la pompe enfoncé dans son véhicule.

Ils se défièrent encore une poignée de secondes, et ce fut Monsieur Raminet qui relança fermement :

« Pourquoi Saint-Malo ? allez-vous me demander.

— Non, je vais vous demander si vous prenez l'autoroute ou la nationale. »

Monsieur Raminet fut décontenancé.

« Ah... effectivement, la question mérite d'être posée. Que me conseillez-vous ?

— Je sais pas, moi... »

Le professionnel fixait Monsieur Raminet, comme s'il eût voulu lire dans ses yeux la réponse à cette délicate question. Mais il ne trouva dans le regard du petit homme que l'expression d'une reconnaissance anticipée pour le conseil qu'il allait recevoir. Il se décida donc:

« Si vous voulez mon avis personnel, vous aurez moins de bouchons sur l'autoroute. Et puis, ce serait peut-être mieux pour le rodage.

— Voilà qui est décisif: l'intérêt supérieur du rodage doit primer sur l'agrément du voyage ! »

Il y eut un lourd silence. Le garagiste alluma une cigarette, aspira un grand coup, fit faire à la fumée un rapide aller et retour et brusquement l'expulsa par les naseaux avec une symétrie parfaite. Puis, pour cacher son émotion, tel un père qui fait une dernière recommandation à son fils, il lâcha d'un ton bourru:

« Les clefs sont dessus. Bonne route ! Et n'oubliez pas que vous avez "90" aux fesses ! »

Monsieur Raminet fit un petit signe d'acquiescement et, pour se donner du courage, donna une légère claque sur la fesse gauche de la voiture, ce qui le fit aussitôt rougir de confusion. Pour se racheter de cette inconvenance, il ouvrit la portière avec respect, comme on écarte le voile d'une mariée, et pénétra dans l'odeur de neuf qui signale la virginité automobile.

Il s'installa au volant, boucla sa ceinture de sécurité, mit le contact, fit vrombir le moteur, actionna le clignotant, desserra le frein à main, passa la première et, adressant au garagiste un dernier regard tout chargé d'adieux, cala.

« Vous occupez pas de moi ! Vous occupez pas ! » cria le garagiste. L'apprenti observait tout cela, les paupières tombantes de plaisir et la bouche entrouverte sur son chewing-gum immobile. Il y a longtemps que le client qui se servait lui-même avait mis de l'essence plein son pantalon. Monsieur Raminet, le sourcil froncé, entreprit à nouveau de démarrer. Son obstination fut couronnée de succès : au prix de quelques hoquets, dont l'amplitude alla en diminuant, la voiture se mut et finit par quitter son enclos. Poussée par l'instinct, elle s'engagea sur le boulevard avec la détermination d'une novice qui veut se faire une place parmi ses sœurs confirmées. Lesdites sœurs saluèrent cette nouvelle venue à grands coups de klaxon.

Au cœur de l'événement, Monsieur Raminet était véritablement transporté. Il ne put s'empêcher de se rappeler un vieux film d'actualités: l'arrivée du *Normandie* dans le port de New York, au son des sirènes de tous les autres bateaux. Il eut beau se blâmer de l'immodestie de ce rapprochement, il ne put endiguer le flot d'allégresse qui gonflait son cœur.

L'ARRÊT

Monsieur Raminet opta donc pour l'autoroute. Considérant qu'il se trouvait aux commandes d'une voiture « moyenne », n'ayant garde, en outre, d'oublier qu'il avait « 90 aux fesses », il choisit de rouler sur la voie du milieu à exactement quatre-vingt dix kilomètres à l'heure. Cette sagesse fut immédiatement saluée par tous ceux qui, dans leurs véhicules, gros, petits, à deux ou à quatre roues, le dépassaient, sur la droite ou sur la gauche, en ne manquant pas d'actionner d'infinies variétés d'avertisseurs, trompes, cornes de brume, tout en se livrant à des gestes particulièrement chaleureux: avant-bras repliés, médius pointés, index vissés contre la tempe, et autres cordiales démonstrations. Monsieur Raminet répondait à chacun par un sourire et par un signe de tête approbateur, ce qui avait pour effet de redoubler les gesticulations de ses coreligionnaires. « Vraiment, songea-t-il, l'attention que me portent tous ces gens qui ne me connaissent pas est émouvante ! Certes, comme je l'ai entendu dire, la route est une grande famille ! »

C'était par un matin de mars. Pâques tombait tôt cette année-là. La journée s'annonçait magnifique. Le printemps trépignait d'impatience : il s'empressait de reverdir les talus, d'y précipiter des primevères, de faire surgir des pousses tendres dont la fraîcheur rajeunissait les vieux arbres, de transformer la bande séparatrice en un long buisson fleuri où les oiseaux, insouciants du trafic, avaient décidé de nicher, de faire coulisser un ancien mur de nuages derrière l'horizon pour ouvrir grand le ciel au soleil nouveau. Il faisait encore froid, mais c'était un froid léger, vif, poivré, et non un de ces froids d'hiver, lourds et fades ; un froid souple, nerveux, pétillant, qui donnait envie de partir à l'aventure. C'était vraiment un beau matin, un matin où le possible semble faire jeu égal avec le réel dans la balance du monde. Chacun contemple le spectacle qu'il avait oublié et qui n'est rien d'autre que son propre paysage, recomposé sans cesse des chagrins du passé et de la douceur de l'instant. Monsieur Raminet était dans cette étrange ivresse où la nouveauté autant que le nombre des sensations qui l'habitaient le persuadaient que la terre venait d'être créée. Insensiblement, il se laissait aller à la rêverie.

Insensiblement, il déviait de sa trajectoire et finissait par sortir de la voie médiane. Des aboiements sonores s'élevaient alors de tous côtés et, grâce à ces affectueux rappels à l'ordre, il reprenait sa place et poursuivait sa route sans dommage.

Au fil des kilomètres, il ne tarda pas à acquérir une aisance certaine. Regardant tour à tour l'asphalte, les arbres, le ciel et son compteur de vitesse, il constata avec satisfaction que l'aiguille restait collée exactement sur 90. « Eh bien, ce n'est pas si compliqué que ça ! » se complimenta-t-il. Si cela avait été dans ses cordes, il se serait mis à siffloter. La rigueur orgueilleuse avec laquelle il maintint son aiguille figée sur le nombre fatidique caressa son amour-propre et occasionna une crampe à son pied droit. La crampe, qui ne fut d'abord que léger chatouillis, se déclara soudain franchement sous la forme d'un blocage musculaire et d'une vive douleur à la voûte plantaire.

« Bon sang ! » ne put s'empêcher de proférer à haute voix Monsieur Raminet qui, lorsque les circonstances l'exigeaient, n'hésitait pas à s'apostropher violemment.

La situation devenait extrêmement inconfortable. De seconde en seconde, la douleur augmentait. Monsieur Raminet lançait des regards désespérés sur sa droite, en quête d'une hypothétique « bande d'arrêt d'urgence ». Mais le flot quasi ininterrompu des voitures qui le doublaient de tous les côtés en faisant hurler leur klaxon lui masquait cruellement ce couloir de survie dont la présence, dans le code de la route, n'avait pas retenu, lui semblait-t-il, suffisamment son attention. Il s'en fit l'amer reproche, comme si le mépris qu'il lui avait naguère involontairement témoigné le rendait aujourd'hui indigne de s'y réfugier. Il sentait commencer à couler les grosses gouttes qui s'étaient formées sur son crâne lisse. « Un crâne où rien ne pousse ! » lui avait lancé un jour un coiffeur, après une ultime tentative de reboisement. Le coiffeur n'avait pas semblé affligé outre mesure. Au fond, malgré ses sourires encourageants, il avait toujours été un peu énervant, voire antipathique, et... Au diable le coiffeur ! Mon dieu que mon pied me fait mal ! Il faut absolument... il faut que je... d'abord que je clignote... voilà... et maintenant, doucement, en tournant le volant... ah, ils finissent par être soûlants avec leurs klaxons !... allez, là... hop !... oui, oui ! bonjour ! j'ai changé de file, je sais !... ah, là, voilà ! Voilà la « bande d'arrêt d'urgence » ! Là, au moins, il n'y a personne. Allez... là... ça y est ! Je m'arrête tranquillement... voilà. Mettre au point mort... couper le contact... mon frein à main... ouf !

Monsieur Raminet desserra les doigts, lâcha le volant, remua les orteils du pied droit et constata avec émerveillement que la crampe avait disparu. Il respira profondément, ferma les yeux et déposa son crâne sur l'appui-tête qu'il perçut comme le plus tendre des oreillers. En conséquence, il s'endormit.

La voiture se trouvait au soleil. Le teint de Monsieur Raminet, naturellement fleuri, bénéficia bientôt d'une sorte d'enluminure supplémentaire. Son épiderme rutilait. Derrière la glace de la portière, sa tête ronde ressemblait à un beau fruit exotique dans la vitrine d'une épicerie fine.

LES ANGES

LE TROTTOIR était encombré par une foule de gens qui semblaient tous se prélasser et n'aller nulle part. Ils bougeaient sans énergie et se cognaient à chaque instant à des amoncellements invraisemblables de poubelles renversées, de cartons et de sacs éventrés, de vieux vêtements abandonnés, d'objets cassés, mutilés, difficilement identifiables.

Monsieur Raminet essayait de jouer des coudes et s'épuisait à se frayer un chemin dans ce milieu hostile. Une odeur de café au lait, bizarrement, s'était répandue partout, et cette odeur lui soulevait le cœur. Il était essoufflé. Il transpirait, autant d'angoisse que de fatigue. Son pantalon avait tendance à glisser et il était obligé de le remonter à chaque instant. Les gens ne se rangeaient pas. Il allait être, il était déjà en retard. Il parvint enfin, haletant, devant les grilles de la faculté. Par miracle, l'entrée était encore ouverte. À l'intérieur de l'établissement (sur les circulaires administratives, il n'était jamais question que de « l'établissement »), il n'y avait personne. Il traversa la cour d'honneur, le vestibule, longea la galerie intérieure et déboucha, au bord de l'asphyxie, dans la cour « Jules Ferry ». Horreur! Le doyen l'attendait devant tous les étudiants de sa classe en rang par deux! Chose étrange: le doyen avait la tête du garagiste qui lui avait vendu sa voiture et il était habillé comme lui, d'une salopette bleue maculée de cambouis!

« Alors, Monsieur Raminet, c'est à cette heure-ci que vous arrivez?

— À cette heure-ci! » reprirent tous les étudiants avec un ensemble parfait.

« Monsieur le doyen, je... je n'ai pas entendu mon réveil! » s'entendit répondre, à sa grande honte, Monsieur Raminet. C'était exactement l'excuse qu'il n'admettait jamais chez un étudiant.

« Vos papiers!

— Comment? Vous me demandez...

— Vos papiers! insista le doyen, qui se trouva soudain coiffé d'un casque blanc et pourvu d'une énorme paire de moustaches. Il s'autorisa en outre un geste d'une familiarité stupéfiante: il se mit à tapoter la joue de Monsieur Raminet tout en lui parlant dans le nez:

« Vos papiers! »

À cet instant, Monsieur Raminet sentit que le monde venait de retrouver cette densité particulière, cette espèce de présence indiscutable – du moins, normalement – qu'on appelle le réel. Il recevait effectivement de petites tapes sur la joue, mais le proviseur était un motard de la gendarmerie qui avait ouvert sa portière et qui avait eu la délicatesse de retirer ses gants, sans doute pour ôter à son intervention tout caractère injurieux. Monsieur Raminet n'en était pas moins quelque peu étonné :

« Monsieur, puis-je savoir ce que signifie...

— Ah, quand même ! On peut dire que vous avez un bon sommeil, vous !

— Encore une fois, que signifie...

— Ça signifie que vous êtes en infraction !

— En infraction ! Moi ! Comment est-ce possible ?

— C'est pas possible ! C'est sûr et certain !

— Par exemple ! Et pourquoi ?

— Parce que la bande d'arrêt d'urgence, c'est pas un dortoir.

— Je dormais ? »

Le motard fut pris d'une sorte de couinement qui lui remonta la moustache jusque dans les trous de nez.

« Eh, Nono ! Il demande si y dormait ?

— Ah, ouais ? »

Monsieur Raminet se retourna à demi, pris dans l'étreinte de sa ceinture de sécurité, et aperçut un autre motard, tout près, qui semblait être le jumeau du premier. Debout, les jambes majestueusement écartées, il imprimait à ses bras de solennels mouvements latéraux destinés, selon toute apparence, à signifier aux automobilistes qu'il n'y avait « rien à voir » et qu'il fallait donc « circuler ». Ses efforts gesticulaires produisaient cependant le résultat inverse de celui escompté: toutes les voitures freinaient en même temps. La déception se lisait aussitôt sur tous les visages: ni mort, ni blessé, ni cabosse, ni même une simple panne ou un commencement d'altercation: rien ne troublait la monotonie de la vie. Cette curiosité bien naturelle avait le don d'exaspérer le sus-nommé Nono et d'appeler de sa part de vigoureux commentaires:

« Regarde-moi ça! Regarde ça! À force de freiner sans motif, ils vont se rentrer dedans! »

Il avait beau dire et beau faire: plus il agitait les bras, plus les voitures freinaient; plus les voitures freinaient, plus son énergie à faire des moulinets redoublait; plus les têtes se collaient aux carreaux, plus il les chassait avec colère. Il était devenu rouge comme une tomate. Monsieur Raminet en conçut quelque inquiétude:

« Que fait là votre... collègue?
— Il fait la circulation.

— Ah!
— Par votre faute, encore!
— Parce que je dormais?
— Affirmatif.
— Plaît-il? »

Le motard se trouva pris de court. Il hésita, ne sachant plus comment boucler la conversation et redoutant un vague piège. Ou pis: une raillerie. Il fit les gros yeux, mais la physionomie reposée de Monsieur Raminet et son regard d'une pureté absolue le persuadèrent qu'il n'y avait là ni malice ni moquerie. Il se retrancha alors dans un confortable bougonnement:

« Que ça vous plaise ou non, c'est pas le problème. Il faut que je voie vos papiers: permis de conduire, carte grise, assurance...

— Mais bien volontiers, ce n'est que trop légitime! Tenez, voici ces documents. Je les soumets à votre examen bienveillant car, si d'aventure votre œil exercé venait à y relever quelque anomalie, voire une irrégularité, grief ne saurait m'en être fait pour la raison simple, mais déterminante, que je ne suis pas l'auteur de leur contenu!

— Ouais... »

Les papiers dans les mains, le motard regardait Monsieur Raminet. Il sentait que quelque chose lui échappait. Sans trop de conviction, il lança:

« Et votre vignette? Je peux la voir?

— Oh, c'est vrai ! Ma vignette ! Vous voulez en examiner le talon, je suppose...
— Le talon. Exact !
— Tenez, le voici...
— Ouais... »

Au lieu d'examiner ses papiers, le motard ne pouvait s'empêcher d'examiner Monsieur Raminet. Il aperçut alors un ruban vermillon sur la boutonnière du contrevenant. Il y eut un silence prolongé. La rumeur de la circulation parut s'estomper et les chants d'oiseaux se mêlèrent au souffle de la brise. Monsieur Raminet fronça soudain le sourcil :

« Oh, je crois comprendre ! Tous les gens qui freinent s'inquiètent de ma santé et votre collègue les rassure au fur et au mesure !
— Quoi ?
— Vraiment, c'est trop ! Il faut absolument que... Pardon... »

Monsieur Raminet sortit de son véhicule, pressa affectueusement le bras du motard et alla trouver son collègue, le visage traversé par un radieux sourire.

« Cher monsieur – oserai-je dire : cher ami ? – je vous remercie vivement, très vivement, de votre obligeance. »

Ce disant, il attrapa au vol l'une des mains gantée de blanc et la secoua avec toute la fébrilité de sa reconnaissance.

« Je vais tout à fait bien, à présent ! Merci ! Merci, encore !

— Mais, qu'est-ce que... qu'est-ce que vous venez faire là ?

— Je t'expliquerai, Nono ! intervint le premier motard, avant de crier :

« Rentrez dans votre véhicule !

— Mais bien volontiers, certainement...

— Vous pourriez me dire votre profession ?

— Assurément ! Depuis peu, je suis professeur honoraire.

— Professeur de quoi ?

— De droit civil.

— Ah... »

Le motard tapotait le rétroviseur extérieur avec les papiers de Monsieur Raminet. En même temps, il le fixait comme on fixe une pièce rare, dans un musée, pour tenter de déchiffrer son énigme. Au bout d'un moment, il formula cette sobre appréciation :

« Ouais... ouais... ouais...

— Moi, je ne vous demande pas quelle est votre profession, n'est-ce pas ? Ah ! Ah !

— Pourquoi ?

— Pourquoi ? Eh bien, mon dieu, parce que... parce que je la devine !

— Ah, oui ! D'accord !

— En revanche, je serais très heureux de

connaître votre nom, ainsi que celui de votre collègue…

— Et pourquoi ça ?

— Mais, tout simplement pour garder la mémoire de deux représentants de la loi qui, dans un contexte difficile, n'ont pas hésité à me secourir !

— Ouais… d'accord, mais on ne donne pas nos noms !

— Non ?

— Non.

— Quel dommage ! Votre abnégation condamne vos bonnes actions à l'anonymat !

— Sans problème ! Mais, faut pas rester là, hein ! Nono !

— Ouais ? T'as fini ?

— Ouais ! On va le faire déboîter ! Tu fais dévier les autres ?

— Ouais !

— Allez ! Reprenez vos papiers et démarrez !

— Mais vous ne les avez même pas regardés !

— Si, si ! C'est en règle !

— Je vous assure que…

— Ah, c'est plus le moment de parler, là ! On s'en va, maintenant !

— Ah, bon…

— Et on n'oublie pas la ceinture !

— Oh, c'est vrai ! Merci !

— Allez ! Allez !
— Et merci encore de...
— Oui ! Circulez !
— Et surtout remerciez votre collègue Nono ! Si vous saviez combien je...
— Circulez, je vous dis ! »

Monsieur Raminet comprit que ses amis d'un jour, comme toutes les âmes bien nées, étaient ennemis de l'effusion. Il déféra donc à l'injonction : il démarra, avança et ne hoqueta guère que deux ou trois fois avant de reprendre sa place sur l'asphalte, en proie à une émotion profonde. Il estima que la providence lui avait prodigué des soins tout particuliers et il regretta de n'avoir pas d'objet plus précis sur lequel sa gratitude eût pu se diriger, pour avoir rencontré deux anges de la route.

Un autre ange

Que ce soit au volant ou dans l'eau, une crampe est une crampe. Celui qui n'en a jamais eu peut se vanter d'être un sage à bon compte. D'un autre côté, il ignore l'une des grandes expériences de la vie. Monsieur Raminet ne tenait pas à être repris par surprise. Aussi avait-il décidé de rester sur la file de droite, c'est-à-dire la plupart du temps entre deux gros camions. Cet inconvénient était largement contrebalancé par la présence permanente de la « bande d'arrêt d'urgence » qui défilait à ses cotés avec bienveillance.

Il roulait ainsi depuis environ une heure, pleinement rassuré, lorsqu'il fut l'objet d'une alerte d'un autre genre. Un besoin, – naturel, certes, mais pourquoi si soudain ? – le plongea dans de nouvelles affres. « J'aurais dû y penser tout à l'heure, quand les gendarmes m'ont réveillé...

Oui, mais tout à l'heure, je n'avais pas envie... Et puis, ils ne m'auraient peut-être pas permis, à cet endroit... Il faut absolument que je m'arrête... Mais où est-ce que je vais me mettre? Il n'y a pas d'arbres, il n'y a même pas de... Oh, quelle chance! »

Il venait de croiser un panneau indiquant, à dix kilomètres, un parking et, à en croire les symboles d'une grande puissance évocatrice, doté d'un jeu complet de commodités.

« Dix kilomètres à quatre-vingt dix à l'heure, ça fait... euh... divisé par soixante minutes, multiplié par... »

La solution de cette cruelle énigme l'obligea à une activité cérébrale intense qui lui permit de « tenir ». Il arriva enfin au parking et constata avec horreur qu'il était surpeuplé. L'aire de stationnement était couverte de voitures, de motos, de caravanes, de camping-cars: tout ce qui pouvait rouler semblait s'être donné rendez-vous à cet endroit. Une foule pressée, soucieuse, s'agitait entre les rangées de véhicules. On le regardait sans aménité. Il se gara à un emplacement qui venait de se libérer, entre une voiture de sport et un vieux break. La voiture de sport était vide, le break était le repaire d'une famille nombreuse dont les membres s'étaient rués sur d'énormes sandwiches. Tout en mastiquant, ils l'observaient à travers les vitres avec une franche hostilité; les enfants, surtout, qui semblaient vouloir surenchérir sur leurs parents en prenant un air de défi admirablement inutile.

Avec mille précautions, malgré son état d'urgence, Monsieur Raminet ouvrit sa portière et tâcha de s'extraire le plus discrètement possible de son véhicule. Le chef du break cessa de mastiquer pour scruter ses moindres gestes. Monsieur Raminet voulut mettre le maximum de douceur et de souplesse dans ses mouvements. Il était certain que si l'angle de sa portière avait ne fût-ce qu'effleuré la tôle légèrement rouillée du break, l'homme au sandwich l'aurait massacré sur-le-champ. Par bonheur, rien de tel n'advint et Monsieur Raminet, en légère transpiration, se hâta vers le petit bâtiment dans lequel il mettait tous ses espoirs.

Là – second miracle – il restait juste une place. Il s'y précipita tout en se livrant intérieurement à un monologue confus, débordant de gratitude vis-à-vis de divinités méconnues, gardiennes de ces lieux humbles et fondamentaux. Il ne remarqua pas la saleté environnante. Il perçut avec délice l'odeur pestilentielle dont l'atmosphère était saturée, tant était grand le bien-être qui avait succédé à son angoisse. Dans ce petit temple autoroutier, son soulagement fut si complet qu'il en eut presque honte.

Lorsqu'il ressortit, il huma fièrement l'air de la campagne, contempla d'un œil bienveillant le petit peuple du parking et, en regagnant sa voiture, Dieu sait pourquoi il se sentit une trempe d'aventurier.

« Hey ! Monsieur...

— Oui ? » dit Monsieur Raminet en tournant la tête. La musique qu'il venait d'entendre sortait d'une bouche qui avait la forme d'un bouton de rose ; cette bouche était surmontée d'un petit nez droit ; le gracieux appendice était encadré de deux grands yeux verts ; au-dessus, on trouvait encore un front parfaitement lisse entouré de cheveux blonds coupés court ; tout cela formait un ensemble d'une légèreté, d'une grâce... inattendues dans un tel endroit. La propriétaire de ces attraits était une jeune personne du genre de celles que, dans les livres de référence, les classiques qualifient d'« avenantes » ou de « rayonnantes » ou encore d'« éblouissantes », selon l'effet qu'ils veulent produire, mais qui aboutit toujours au même résultat : faire se désespérer le lecteur de n'avoir pas rencontré une telle créature « en vrai ». Elle portait un blouson de cuir noir ouvert sur un chemisier rose, une petite jupe en jean bleu ciel et des tennis blanches dans lesquelles elle était pieds nus. Elle était grande et mince, tout en étant généreusement dotée de ce que les même classiques auraient appelé « les attributs de son sexe ».

Monsieur Raminet prit le temps de remarquer tous ces détails, car il venait d'être interpellé par quelqu'un qu'il ne connaissait pas. Dans ce genre de circonstances, il avait pour sage principe, avant de répondre quoi que ce fût, de voir exactement à qui il avait affaire. La personne, objet de cet examen, le laissa procéder à toutes les investigations visuelles qu'il voulut. Même, elle le gratifia d'un sourire qui ensoleilla son visage. Il était temps que Monsieur Raminet se reprenne.

« Mademoiselle ? dit-il d'une petite voix perchée.

— C'est ouvert… là ! » répondit-elle en souriant de plus belle. Elle désignait, avec son index, cet endroit du pantalon où se trouve un dispositif permettant de pratiquer rapidement une ouverture propice. Monsieur Raminet baissa la tête et constata que l'ouverture était restée ouverte. Plus rouge qu'une pivoine, il remonta sa fermeture en bredouillant :

« C'est exact. Excusez-moi… et merci !… et excusez-moi !

— Ce n'est pas important ! Comment cela s'appelle… là ?

— Plaît-il ? dit Monsieur Raminet.

— Comment ? » répondit-elle en écarquillant les yeux.

Monsieur Raminet était complètement désarçonné. Il ne savait pas quoi répondre. Il tacha de se ressaisir et demanda, avec une pointe d'impatience :

« Vous êtes anglaise, sans doute ?

— Non ! Américaine !

— Ah, ça ne fait rien ! Que voulez-vous savoir exactement ?

— Le nom de ça ! dit-elle en désignant du menton l'endroit dont il ne cessait d'être question. Soudain, elle s'écria :

— Je me rappelle : la baguette ! »

Quelques personnes commençaient à les dévisager en passant. Décidé à mettre fin à une discussion aussi pénible, Monsieur Raminet prit un air sévère pour rectifier :

« Non, ce n'est pas une baguette. C'est une braguette. Bra-guette !

— Oh ! Braguette !

— C'est cela ! Alors qu'une baguette, c'est un petit bâton.

— Un petit bâton...

— Voilà. Vous voyez : ça n'a rien à voir ! Maintenant, vous voudrez bien m'excuser, mais il faut que je parte.

— Moi aussi. Merci ! »

Elle sourit à nouveau. Ses dents souriaient. Son nez, ses cheveux souriaient. La lumière souriait autour d'elle. L'air sentait bon. On respirait bien. On avait envie de rester là, près d'elle. Sans raison.

Sans projet particulier. Pour voir. Elle donnait envie d'être heureux. Monsieur Raminet prit soudain conscience qu'il lui avait dit « Il faut que je parte ! » et qu'il n'avait pas fait un pas. Plus grave : il venait d'ôter ses lunettes et les essuyait avec sa pochette. Quand il les réajusta sur son nez, il la vit mettre sur son épaule un énorme sac de toile bleu et blanc qui avait la forme d'un traversin.

« Permettez-moi de vous aider…

— Non, merci ! C'est lourd, tu sais ! »

Monsieur Raminet resta bouche bée. D'abord, parce qu'elle venait de le tutoyer. L'impair était cependant bien pardonnable, vu l'usage en la matière de sa langue maternelle. Mais surtout parce qu'elle avait décliné son offre, fruit spontané de dix siècles de galanterie française, au motif qu'il n'était pas assez fort ! Il eut l'impression bizarre que des choses venaient de s'arrêter. Il perçut son corps, et son corps était pesant. Sa poitrine était comme rétrécie. Une matière obscure l'environnait. Il fut tout étonné de ressentir une douleur diffuse, innommable. Il était perdu, car il venait d'être atteint par une variété de tristesse qu'il ne connaissait pas. Cette jeune fille, là, devant lui, était dans un monde où il n'était pas. Et lui, où était-il ? Il la regardait sans pouvoir trouver un mot pour lui dire que… Mais il n'y avait rien à dire. Il vit qu'elle avait une tête de plus que lui et quarante ans de moins. Il sentit distinctement une longue aiguille traverser son cœur. Elle dut s'en apercevoir, car elle ajouta d'une voix douce:

« C'est spécial à porter. Moi, j'ai l'habitude. Tu vois! »

Quoiqu'il ne fût pas dupe de ce rectificatif diplomatique, il lui sut gré de sa délicatesse et, pour lui montrer qu'il la croyait, il se força à esquisser un sourire. Elle le gratifia d'un petit clin d'œil et expliqua:

« C'est le sac le mieux pour le stop!

— Le "stop"? Voulez-vous dire que vous voyagez en auto-stop?

— Oui, je veux le dire! Et toi? Je parie que tu as une auto, n'est-ce pas?

— Non. Euh... si! Mais oui, j'ai une auto! J'avais oublié!

— Et où tu vas, avec ta petite auto? »

Elle avait l'air étrangement bienveillant en posant cette question. Monsieur Raminet eut l'impression d'avoir cinq ans quand il s'entendit répondre:

« À Saint-Malo.

— Non! C'est vrai? Tu m'emmènes?

— Ah... mais...

— "Mais" quoi?

— Mais avec joie! »

Il la conduisit donc à sa petite auto. Il ouvrit le coffre. Sa minuscule valise s'y ennuyait dans un coin. Elle coucha son grand sac en travers. Il lui ouvrit la portière avant droite et la referma avec soin. Il contourna sa voiture par l'arrière pour regagner sa place de conducteur. Alors, il revit le vieux break qui n'avait pas bougé. Ses occupants en avaient apparemment fini avec leurs sandwiches monstrueux. Tous écarquillaient les yeux en regardant alternativement le petit gros et sa passagère, avec une expression d'incrédulité si évidente que Monsieur Raminet en fut piqué au vif.

Avant de remonter en voiture, il leur décocha un de ces sourires vainqueurs réservés habituellement à Cary Grant ou à Mickey Rourke, ce qui eut pour effet de porter à son comble leur ébahissement. Exploitant son avantage, Monsieur Raminet s'installa au volant et démarra en trombe.

En hoquetant, mais en trombe.

Conversation

« La baguette est dans la braguette ».
Monsieur Raminet pensa avoir mal entendu. Ils roulaient depuis environ dix minutes sans avoir dit un mot, et voilà que, tout à coup, cette phrase incompréhensible.

« Plaît-il ?

— Pourquoi ça me "plaît" ? » dit-elle d'un ton un peu boudeur.

« Non : "plaît-il ?" veut dire que j'ai mal entendu. C'est comme "pardon ?" ou "comment ?"

— Ah ! Tu veux que je répète ?

— Voilà !

— Okay : la baguette est dans la braguette.

— Mais qu'est-ce que... qu'est-ce que vous voulez dire ?

— La baguette est un petit bâton ?

— Oui. »

La voix de Monsieur Raminet redevenait perchée.

« La braguette, c'est là ? »

Elle repointait, avec son index, d'un geste tout à fait naturel, l'endroit que… où se trouvait l'ouverture qui… enfin, dont ils avaient déjà débattu ! Monsieur Raminet pensait que le sujet était épuisé et il émit un petit « oui » sec pour couper court à toute relance.

« Donc, j'ai raison : la baguette est dans la braguette ! » conclut-elle, triomphante.

Monsieur Raminet, les mains rivées au volant, le regard fixé sur l'asphalte, ne répondit pas. De lourdes secondes s'écoulèrent. Ce fut elle qui rompit cette tension oppressante :

« Tu trouves pas ça drôle ! Tu as raison : ce n'est pas un bon humour !

— Si ! C'est drôle, mais…

— Et puis il y a le sexe ! Je sais : tu ne veux pas qu'on parle de ça !

— Oui. Non ! Je suis simplement surpris que… quelqu'un comme vous…

— Je comprends à cent pour cent : tu es assez vieux et, peut-être, tu n'es pas libéré.

— Hein ? "Libéré" de quoi, s'il vous plaît ?

— C'est normal. C'est dommage, mais c'est normal. »

Elle croisa les jambes et regarda le paysage par la vitre. Monsieur Raminet avait beau chercher, il ne trouvait rien à répondre. Il était la proie d'une foule de sentiments contradictoires, où le plaisir se mêlait à la douleur, la fierté à l'irritation, la mélancolie à l'attendrissement, tout cela créant une forte perturbation sur le front général de la sensibilité.

Après un moment, elle renoua le dialogue:

« Tu sais à quoi je pense?

— Non... » murmura Monsieur Raminet, repris par une sourde inquiétude.

« Je pense que tu sais pas mon nom.

— Parbleu, c'est vrai! Et, de mon coté, je ne me suis même pas présenté! Comment ai-je pu...

— Je m'appelle Jane. Jane Fenris.

— Et moi: Monsieur Raminet.

— Raminett?

— Non: Raminet.

— "Ra"... et "minett"?

— Oui, si vous voulez!

— C'est rigolo! »

Il n'y avait absolument aucune méchanceté dans son intonation. Monsieur Raminet n'en fut que davantage résigné: il connaissait la suite. Pour la forme, il demanda:

« Pourquoi est-ce "rigolo"?

— "Ra" et "minett", c'est "Rat" et "Pussy", n'est-ce pas? »

Et voilà! Voilà que ça recommençait! Quand il était entré en sixième, dès les premières leçons d'anglais, il avait découvert avec toute la classe « Rat » et « Pussy ». Il avait appris par cœur « Rat » et « Pussy ». Il avait récité « Rat » et « Pussy ». Il avait fabriqué des phrases avec « Rat » et « Pussy ». Il avait fréquenté « Rat » et « Pussy » jusqu'à la nausée. Jusqu'à penser, plus tard, que Beaumarchais avait été mal informé et qu'il aurait dû faire dire à Figaro: « Avec "Rat" et "Pussy" en Angleterre, on ne manque de rien nulle part! ». Et naturellement, à l'initiative de son plus fidèle ennemi, une espèce de grand cancre de quatorze ans, tout le monde l'avait appelé « Pussy ».

« Je peux t'appeler "Pussy"? »

Il tenta désespérément une manœuvre de diversion:

« Mon prénom est: Félix.

— Félix?

— Félix, oui. C'est un mot latin qui veut dire "heureux", "chanceux".

— Ah. »

Elle ne semblait pas convaincue, et la référence au latin ne lui avait pas fait un effet particulier. Elle se contenta de lui demander s'il était heureux. Il s'entendit répondre un très bizarre « oui » d'une voix qu'il ne se connaissait pas. Après un court silence, elle décréta:

« Je préfère t'appeler "Pussy" ! »

Et elle accompagna cette déclaration d'un petit baiser sur sa joue droite.

La surprise dudit « Pussy » fut telle qu'il donna un brusque coup de volant vers la gauche qui provoqua une embardée du véhicule qui elle-même déchaîna des hurlements de klaxons accompagnés de gestes à l'éloquence rigoureuse de la part des nombreux congénères de l'autoroute. Jane répondait à chacun par son plus paisible sourire. Quant à Monsieur Raminet, à grand-peine il reprit son calme et la file de droite. Son cœur battait. Il sentait des gouttes de transpiration sur son front. Ses épaules, ses bras étaient en plomb. Il arriva alors une chose extraordinaire : Jane lui épongea le front avec un mouchoir en papier qui sentait le citron. Elle mit dans ce geste tant de douceur, de délicatesse, de tendresse que Monsieur Raminet, droit comme un « i » à son volant, se prit à souhaiter qu'elle l'appelât effectivement « Pussy ».

Était-ce le fait d'être revenu sur la bonne file, l'odeur de citron synthétique dont la voiture était embaumée, la présence de cette jeune étrangère qui se révélait, en fin de compte, plutôt aimable, voire sympathique, toujours est-il que Monsieur Raminet éprouva quelque chose qui ressemblait à du bien-être. Du vrai bien-être. Pas ce genre de satisfaction ou d'apaisement qui suit certaines actions qu'on est persuadé d'avoir eu raison d'accomplir, ou certaines paroles qu'on est fier d'avoir proférées. Non, il s'agissait d'une volupté secrète, la conscience d'être en harmonie avec l'environnement le plus immédiat. Il respira profondément. Il écouta avec ravissement le ronron régulier du moteur. Il contrôla une fois de plus qu'aucun témoin d'alerte ne s'allumait sur le tableau de bord. Il veilla une fois encore à ce que l'aiguille du compteur ne décolle pas du « 90 ». Il caressa discrètement son volant. Enfin, après avoir jeté à sa passagère un bref coup d'œil, il lui donna son autorisation exceptionnelle :

« Oui, mademoiselle Jane, vous pouvez m'appeler "Pussy". »

Jane ne parut pas mesurer immédiatement l'ampleur du privilège qui venait de lui être accordé. Au lieu d'entamer une série de remerciements émus, elle demanda :

« Pourquoi tu vas comme une tortue ? »

Monsieur Raminet mit un temps avant de comprendre qu'il lui était fait reproche de « se traîner ». Il décida de répondre par une énigme :

« C'est que je suis obligé ! »

Elle le regarda, les sourcils levés. Il s'offrit un sourire canaille avant de lancer :

« J'ai "90" aux fesses !

— Qu'est-ce que c'est: "fesses"? »

Monsieur Raminet devint instantanément écarlate. Il se demanda comment répondre avec clarté, précision, rigueur, sans pour autant tomber dans la cuistrerie d'un jargon anatomique qui... euh... Finalement, il ôta lentement une main du volant et se toucha légèrement le haut de la cuisse droite:

« C'est ça. C'est... le derrière!
— Le "derrière"? Ah! Le cul!
— Oui. »

Il était à nouveau écarlate, le regard fixe, les mains cramponnées au volant. Elle resta songeuse un moment, puis:

« Ca te gêne pas pour conduire?
— Non, pourquoi? C'est une question de discipline.
— Dis donc, tu es courageux! »

Et elle parut se perdre dans un abîme de réflexion. Monsieur Raminet sentait confusément qu'un léger malentendu avait pu se glisser dans leurs propos, mais il ne parvenait pas à le situer. Il essaya vainement de trouver quelque chose à dire, mais ses idées se bousculaient et il était bizarrement ému. Sûrement parce que, pour la première fois de sa vie, on lui disait qu'il était courageux. Au bout d'un long moment, il risqua un nouveau coup d'œil vers Jane. Elle lui répondit par un sourire. Elle avait de ces sourires! D'où sortait-il, celui-là? C'était un sourire où il y avait tant de bonté, de gentillesse, plus: de bienveillance, qu'il en eut presque mal. Des souvenirs mêlés de sa petite enfance resurgirent dans sa mémoire. De brefs instants, insignifiants, pris dans la trame monotone de la vie, et qui, pour lui, n'avaient pas de prix: les instants très rares où sa mère, miraculeusement de bonne humeur, s'arrêtait une seconde devant la table de la cuisine où il faisait ses devoirs et, simplement, sans raison, sans un mot, le regardait, jusqu'à ce que, cédant à la tendre pression de ce regard, il se décidât à relever la tête. Alors, sans doute aussi intimidée que son fils et peut-être pour se faire pardonner de l'avoir troublé dans son travail, elle lui offrait en dédommagement un sourire inconnu, qu'elle avait tiré elle-même d'une petite réserve secrète cachée dans un coin de son cœur. Dans ces moments-là, elle était si belle qu'il sentait sa bouche se mettre à trembler et ses yeux se remplir de larmes. Il en était au désespoir, car il comprenait aussitôt qu'une occasion imprévue de parler, sans gêne, sans crainte d'aucune sorte, sans mauvaise retenue, venait d'être gâchée par sa propre émotion; que, par sa faute, cette occasion, telle un astre fulgurant qui ne sait qu'infliger la cruelle brièveté de ses apparitions, était repartie dans les méandres infinis des relations humaines, sans que personne pût dire si elle allait se représenter, ni quand, dans cette vie ou dans tout autre outre-monde fait de rêve et de réalité mêlés, ni quels seraient ses signes avant-coureurs, si tant est qu'il y en eût; que l'espérance même de son retour serait à jamais pénible car elle ferait inévitablement cohabiter la possibilité d'un bonheur retrouvé et la douleur qui accompagne toujours le souvenir de l'impardonnable.

Les mains de Monsieur Raminet n'en pouvaient plus d'étreindre le volant.

« C'est ridicule, se dit-il, se laisser attendrir par une jeune fille... que dis-je ? par une gamine ! Moi qui... vraiment, oui, c'est ridicule ! »

Un démon

Tout à coup, Jane hurla:
« Un stoppeur! »
Effectivement, au bord d'une bretelle de l'autoroute, un être maigre, poilu, vêtu de savantes guenilles, debout à coté d'un sac à dos affaissé, levait un pouce nonchalant tout en considérant les voitures de l'air du plus profond mépris.
« Vous souhaitez qu'on s'arrête? » demanda Monsieur Raminet. Il nourrissait le secret espoir qu'elle répondît « non ». Il se surprit à détester immédiatement cette espèce de… ce « stoppeur »! Juste au moment où il commençait à… à normaliser quelque peu sa situation avec sa passagère! Il était exaspéré. Exaspéré, mais coincé. Il avait bien accepté de prendre Jane! Oui, mais elle, ce n'était pas pareil: d'abord c'était dans un parking où tout le monde s'arrête; et puis, c'était elle qui lui avait

demandé de l'emmener ! Refuser de le prendre – Monsieur Raminet s'en rendit soudain compte – pouvait laisser penser à Jane qu'il avait formé à son endroit des projets éminemment coupables, qu'il n'était, somme toute, qu'une de ces brutes odieuses qui passent leur temps à tirer profit du prestige que leur confère la possession d'une automobile pour séduire, puis abuser lâchement de... Donc, il se trouva dans l'obligation morale de s'arrêter.

Le stoppeur resta immobile. Il sembla, pendant quelques secondes, se demander si ce véhicule était digne de sa personne. Puis, il s'ébranla lentement et s'approcha de Jane qui avait baissé sa vitre. On eût dit qu'il était mécontent d'avoir été dérangé. Monsieur Raminet, qui s'attendait à un peu plus d'empressement, s'efforça de mettre dans son regard toute la sévérité dont il était capable et, dans sa voix, une froideur absolue, sépulcrale, cette froideur qui avait déstabilisé plus d'un fanfaron en lui faisant découvrir qu'un oral de droit n'était pas un échange d'amabilités mondaines.

« Bonjour, monsieur. Nous avons cru remarquer que vous vous livriez à l'auto-stop. Dans l'affirmative, veuillez nous préciser la direction dans laquelle vous souhaitez vous diriger. Dans la négative, vous ne nous en voudrez pas, j'espère, n'est-ce pas, de vous avoir troublé, n'est-ce pas, dans... appelons cela vos activités, n'est-ce pas ? »

Le stoppeur avait écouté ce discours avec ses yeux qui n'avaient cessé de s'agrandir au fur et à mesure que les mots de Monsieur Raminet lui parvenaient. Simultanément, un trou rond s'était formé au centre de sa barbe, révélant la présence luisante d'un chewing-gum. Celui-ci, tiré de son sommeil, remua un peu, fit un tour sur lui-même, passa du côté droit au côté gauche et reprit, au fond de la cavité buccale, son existence discrète de gros mollusque rose.

Monsieur Raminet sentait une certaine impatience le gagner. Il attendait que son interlocuteur optât pour l'une des branches de l'alternative qu'il venait loyalement de lui énoncer, espérant désespérément qu'il choisirait la seconde. Au mépris de toute vraisemblance, Monsieur Raminet eût en effet parfaitement admis que son interlocuteur lui expliquât que l'auto-stop était la dernière de ses préoccupations, qu'il ne se trouvait là que pour respirer l'air de la campagne, qu'il en profitait pour se livrer à de menus exercices de gymnastique dactyle et qu'il regrettait amèrement que cela ait pu prêter à confusion au point de faire s'arrêter un tel équipage. Monsieur Raminet eût su alors faire preuve de mansuétude, exposer que le dérangement n'était pas grand et repartir en laissant derrière lui l'image d'un homme bienveillant. Dans un monde harmonieux, les choses auraient dû se dérouler ainsi. Mais l'autre, toujours béant de la bouche et des yeux, se contenta de tourner la tête vers Jane et, après avoir d'un nouveau coup de langue remisé son chewing-gum dans un coin, demanda avec une douceur écœurante:

« C'est quoi, ton nom?
— Jane, dit Jane en riant, et toi?
— Bob. Qu'est-ce qu'il a, ton copain? »

Jane éclata alors de rire franchement. Elle réussit néanmoins à articuler:

« Rien! Il est très gentil. Monte! »

Il s'installa à l'arrière, avec son sac à dos dégonflé. Monsieur Raminet était pétrifié. Il était dans sa voiture, au volant, seul maître à bord, et voilà qu'une décision venait d'être prise, qu'une affaire venait de se conclure, sous son nez, sans qu'on lui eût adressé la parole, sans même qu'on eût daigné répondre à ses interrogations! Il avait été tenu à l'écart de bout en bout! Et par des jeunes gens encore! Dont l'un était un étranger, par-dessus le marché! Sous son propre toit! Jamais il ne s'était senti aussi ignoré. L'humiliation s'ajoutait à sa colère. C'est dans cet état peu favorable aux rapports humains qu'il reprit rageusement la file de droite de l'autoroute. Rageusement, mais prudemment, car une nature comme celle de Monsieur Raminet était d'une qualité telle que rien n'eût pu la rendre oublieuse de ses responsabilités et de ses devoirs. Au bout de quelques minutes, le dénommé Bob se crut autorisé à reprendre la parole :

« Pourquoi il se traîne comme ça, ton copain ? »

Avez-vous remarqué comme il est désagréable d'entendre quelqu'un parler de vous à un autre en votre présence comme si vous n'étiez pas là ? Monsieur Raminet, tout en s'appliquant à maintenir les apparences du calme le plus olympien, élaborait dans sa tête les éléments d'une intervention cinglante, du genre : « La naïveté de votre question est révélatrice de votre ignorance profonde du code de la route » ; ou mieux : « La grossière désinvolture dont vous faites preuve à mon endroit n'a d'égale que la pauvreté affligeante de votre vocabulaire et votre ignorance profonde du code de la route » ; ou alors : « Sachez que votre ignorance profonde du code de… » Mais Jane le prit de vitesse en répondant sobrement :

« Cool… Il a quelque chose au cul ! »

Bob mit un temps avant d'assimiler l'information, puis il hocha la tête d'un air vaguement contrarié et, couché en chien de fusil sur la banquette arrière, s'endormit.

Monsieur Raminet était sur le point d'exploser. Il avait les doigts blancs à force de serrer le volant. Tout en gardant les yeux fixés sur le pare-chocs du camion qui le précédait, il articula d'un ton pincé:

« Mademoiselle, il ne faudrait pas qu'un malentendu se glisse entre nous. Je ne souffre d'aucune maladie. Je n'ai mal… nulle part!

— Laisse, Pussy! On a tous des problèmes. Je comprends ça.

— J'ai peur de ne m'être pas fait comprendre: Je vous dis que je n'ai rien!

— Ça va! Okay!

— Absolument rien! Vous entendez?

— Pourquoi tu cries, Pussy?

— Mais il m'a réveillé, ce con! »

Cette délicate exclamation provenait de l'arrière et, en jetant un coup d'œil dans son rétroviseur, Monsieur Raminet aperçut le visage du dénommé Bob qui semblait nettement mécontent d'avoir été troublé dans son sommeil. En temps normal, Monsieur Raminet se fût sans doute excusé d'avoir ainsi incommodé son prochain. Mais on n'était pas en temps normal et il laissa déborder son ire:

« Vous, le ruminant, taisez-vous!

— C'est quoi, "ruminant"? » demanda Jane pour tenter de faire diversion, tandis que Bob s'indignait besogneusement:

« Comment il m'a appelé, ton copain?

— "Ruminant", c'est les vaches! » répondit précipitamment Monsieur Raminet, avant d'ajouter avec fureur à l'adresse de son passager arrière:

« Vous pouvez vous adresser directement à moi, puisque je suis là!

— Il va crier longtemps, comme ça?

— Je vous dis de vous adresser directement à moi, et non à cette demoiselle qui n'est nullement habilitée à répondre en mes lieu et place!

— Détends-toi, Pussy!

— Jane, taisez-vous! Quant à vous, je vous ai appelé: "ruminant", et c'est, me semble-t-il, une qualification adéquate. Vous voyez que, moi, je n'ai pas besoin de passer par quelqu'un d'autre pour m'adresser à vous!

— Retire.

— Pardon?

— Retire, répéta Bob d'une voix neutre.

— Exprimez-vous, mon pauvre ami! dit Monsieur Raminet avec un petit rire sarcastique, ou alors, rendormez-vous! »

Cette fois, Monsieur Raminet pensa lui avoir cloué le bec. Par précaution, toutefois, il décida de lui administrer le coup de grâce:

« Je sens que vous avez compris, enfin, que vous êtes notre hôte. Je n'attends bien entendu aucun débordement de reconnaissance. Je vous prierai simplement d'être correct. »

Il y eut un silence. Puis la voix de Bob se fit entendre, toujours aussi sirupeuse :

« Maintenant pépère, tu vas être très gentil. Tu vas faire tout ce que je dis. Pour commencer, tu quittes l'autoroute à la première sortie. »

Monsieur Raminet jeta un coup d'œil de biais, prêt à passer à un registre encore plus élevé de la juste colère. Mais Jane avait la lame d'un grand rasoir appliquée sur son cou. Elle regardait droit devant elle, avec une fixité qui faisait peur. Monsieur Raminet mit quelques secondes à admettre la réalité de ce qu'il voyait, de ce qui se passait dans sa voiture. Dès qu'il en eut pris conscience, la peur le submergea. Une peur honteuse, répugnante, qui le faisait transpirer de la tête aux pieds. Instinctivement, il avait levé le pied de l'accélérateur. Il était incapable d'articuler un mot.

« Garde ta vitesse. Si tu freines, je la saigne » menaça Bob, sur un ton de plus en plus flasque. Monsieur Raminet fit remonter l'aiguille sur le « 90 ». Il était maintenant glacé. Il essaya de rassembler ses idées, mais il ne parvint qu'à se sentir tellement impuissant qu'il eut besoin de chercher un peu de réconfort auprès de... Jane. Il risqua un nouveau coup d'œil dans sa direction. Jane, apparemment très calme, le regard de plus en plus fixe, dit doucement : « Fais ce qu'il dit, Pussy. Sors de l'autoroute. Ne parle pas ! »

Le combat

Jamais la rage n'avait autant gonflé le cœur noble et pur de Monsieur Raminet. Force lui fut pourtant d'obtempérer. Il se concentra pour guetter la prochaine sortie. Au bout d'une éternité, elle fut annoncée : c'était celle de Laval. Dans un silence épais, troublé uniquement par le « tchic-tchac » aigrelet du clignotant, la voiture quitta l'autoroute.

« Fais surtout pas le con au péage » avertit aimablement Bob en déplaçant son rasoir sur la nuque de Jane.

À un mètre du guichet, Monsieur Raminet, sous le coup de l'émotion freina sans débrayer. La voiture fit une sorte de petit bond très raide avant de caler juste devant l'employé. Celui-ci eut la moue sévère du connaisseur. Il prit le ticket que Monsieur Raminet lui tendit en tremblant. Le prix s'annonça en vert sur un petit cadran. Monsieur Raminet extirpa difficilement son portefeuille de sa poche intérieure : la ceinture de sécurité plaquait son veston contre sa poitrine et le renflement de son ventre. Il était trempé de sueur. Son cœur battait à tout rompre. Il réussit à extraire un billet de cent francs d'entre son permis de conduire et sa carte d'identité.

En rendant la monnaie, l'employé se découvrit sous un jour aimable :

« C'est pas parce que vous avez une bagnole toute neuve qu'il faut avoir la tremblote ! »

Monsieur Raminet se mit en devoir de redémarrer. L'automobile, où se déroulait le drame que l'on sait, s'engagea comme à regret sur une route de campagne bordée de pommiers en fleurs et chargée de menaces. La rasoir avait repris sa place contre le cou de Jane. Monsieur Raminet perdait environ un kilo à la minute.

« Tourne à droite, là-bas » susurra Bob.

Ils se trouvèrent bientôt sur un chemin vicinal, encadré par deux hauts talus qui resplendissaient sous le soleil de toutes les couleurs du printemps. La voiture se trouvait ainsi à l'abri des regards. Seul, un providentiel et rigoureusement improbable hélicoptère aurait pu la repérer au sein de ce charmant petit coin de verdure ; encore eût-il fallu que ses occupants fussent doués d'une intuition suffisante pour songer à s'en inquiéter! Autant dire que le monstre qui terrorisait Monsieur Raminet et sa compagne sentait, avec quelque raison, qu'il pouvait agir en toute impunité.

« Arrête-toi doucement. Coupe le contact. Laisse la clef sur le tableau du bord.

— Qu'est-ce que vous...

— Je t'ai pas dit de parler! Maintenant tu fais ce que je dis: tu vas enlever ta ceinture et tu vas mettre gentiment sur le siège arrière ton porte-feuille, ton chéquier et tes cartes de crédit. Voilà! Doucement! Tu vas suer longtemps, comme ça? T'as une belle trouille, hein? J'ai dit "tes" cartes de crédit.

— Mais... je n'ai que celle-là!

— Tss, tss! À ton âge, on ne lève pas une petite chatte comme ça avec seulement une carte bleue! Qu'est même pas internationale!

— Je vous assure...

— Déballe!

— C'est moi que j'ai les autres. »

Jane venait de faire cette déclaration. D'une voix dure, laide. Monsieur Raminet la regarda, au comble de la stupeur. Bob n'était pas moins étonné.

« Qu'est-ce que tu dis, toi? » questionna-t-il, légèrement hésitant.

« Tu crois peut-être que je vais rester avec le vieux con ? »

Dire l'effarement de Monsieur Raminet, à ce moment-là, tiendrait du prodige. Son visage se décomposa complètement. Sa douleur fut encore plus grande que sa peur. Il avait l'impression que le monde venait de se transformer en un cauchemar généralisé où il était à tout jamais perdu. Bob, lui, restait perplexe. Il appuya encore un peu plus le rasoir sur la peau de Jane et, se penchant, lui chuchota à l'oreille :

« Tu joues à quoi ?

— Je joue pas. J'ai qu'une vie !

— Qu'est-ce qui me prouve que t'es pas à la colle avec lui ?

— Tu l'as vu ? »

Bob tourna légèrement la tête vers Monsieur Raminet et émit un bruit de vieux tuyau qui était sans doute le seul modèle de rire qu'il eut à sa disposition.

« C'est vrai qu'il est pas beau ! Et pis il a une belle trouille, en plus ! Hein, mon gros ? Hein que t'as la trouille ?

— Et, en plus, il pue ! ajouta Jane en grimaçant, je ne peux plus le sentir ! Je veux plus qu'il me touche, ce gros tas de merde !

— Oh ! Doucement, toi ! » reprit Bob, quelque peu pris de court par les amabilités que Jane venait de formuler. Il restait méfiant. Toutefois, l'étreinte s'était légèrement desserrée et le rasoir s'était reculé d'un ou deux centimètres.

Monsieur Raminet pensait qu'on avait déjà atteint depuis un bon moment les limites de l'ignoble lorsque, en un éclair, pêle-mêle : deux rangées de dents éclatantes plantées dans un poignet velu ; un cri furieux ; une main qui lâche un rasoir ; Jane qui ouvre sa portière, bondit à l'extérieur et se campe aussitôt devant la voiture ; là, soudain, elle se passe la langue sur les lèvres et se met à onduler les hanches d'une façon – Monsieur Raminet est dans un autre monde – plus que bestiale... elle ondule de plus en plus, les yeux mi-clos, la langue de plus en plus tirée ; elle passe les mains derrière ses reins, sa mini-jupe glisse sur ses jambes, elle la brandit au-dessus de sa tête, lui fait faire trois ou quatre tours et la jette sur le talus ; elle accentue encore son déhanchement, se caresse les cuisses, les fesses, remonte pour se pétrir les seins par-dessus son T-shirt, imprime à son ventre des secousses accélérées, dépasse en lubricité suggestive tout ce à quoi les imaginations les plus dépravées pourraient songer.

Bob, à peine remis de sa morsure et de sa surprise, était subjugué par le spectacle. Il finit par dire, dans un râle :

« Tu vois cette salope, pépère ! Eh ben ouvre bien tes petits yeux parce que je vais me la faire, là, devant toi. »

Il ramassa le rasoir, sortit de la voiture et s'avança lentement vers Jane. Monsieur Raminet, les mains soudées à son volant comme pour l'éternité, assista alors, à travers le pare-brise, à quelque chose de totalement irréel qui se passa à deux mètres de lui, au bout du capot.

Ce fut bref et violent. Bob s'était immobilisé devant Jane, les jambes écartées, le rasoir dans la main droite. De la main gauche, il lui fit signe d'ôter ce qui lui restait. Au lieu d'obéir, Jane lui grimaça un sourire qui aurait fait pâlir d'envie la nymphomane la plus vicieuse. En même temps, elle commença à sauter sur place, de plus en plus vite, de plus en plus haut. On eût dit qu'elle était montée sur ressorts. Bob allait esquisser un geste d'impatience quand, en un éclair, Jane fit un bond prodigieux, bascula son corps à l'horizontale et détendit sa jambe droite pour atteindre Bob en plein visage. Il y eut un reflet d'argent quand le rasoir voltigea avant de retomber dans l'herbe, tandis que Bob se trouvait projeté contre le talus, le nez en sang. Jane se précipita, l'agrippa par le revers de son blouson, le redressa un peu, dessina avec ses poings un rapide mouvement de « une-deux » avant de frapper sèchement au plexus. Bob ouvrit grand la bouche et s'affala sur le côté, comme démantibulé, la tête tournée vers un buisson de primevères. Jane l'observa attentivement et, lorsqu'elle fut certaine qu'il était devenu inoffensif pour un bon moment, elle alla tranquillement récupérer sa jupe, la secoua et la renfila comme si elle était dans un salon d'essayage. Elle se passa la main dans les cheveux, avec ce geste qui n'appartient qu'aux femmes et qui fait tant rêver les hommes. Puis, elle alla ramasser le rasoir, le referma posément et le glissa dans sa poche. Elle retourna vers Bob, le fouilla méthodiquement, récupéra le portefeuille, le chéquier, la carte bleue et revint enfin à la voiture. Monsieur Raminet y était plus mort que vif, pris de nausée autant que d'indignation, moite des pieds au cerveau, pitoyable et répugnant.

« C'est fini, Pussy! C'est fini. »
Elle lui sourit tendrement.
« Vous l'avez...? bredouilla-t-il.
— Mais non! Il est groggy, c'est tout!
— Ah!... euh... il faut prévenir la police!
— Oh, non! On ne va pas gâcher les vacances avec les formalités dans les bureaux!
— Mais...
— Tu crois qu'il va porter la plainte quand il reviendra à sa connaissance?
— "Reprendra connaissance". Euh... évidemment...

— Écoute, Pussy : va sur l'autre siège. C'est mieux si je conduis, maintenant. »

Monsieur Raminet obéit comme dans un rêve. Jane se mit au volant, attacha sa ceinture, enclencha la marche arrière et remit prestement la petite voiture sur l'asphalte lisse de la route nationale. Monsieur Raminet, mollement relâché sur le siège passager, tenta de mettre de l'ordre dans ses idées. Mais il était agité par tant de sentiments contradictoires qu'il renonça bientôt et trouva une volupté certaine à se laisser conduire. Les mains qui tenaient le volant – son volant –, étaient douces et fines, redoutables, rassurantes.

L'ÉTAPE

Au bout de peu de kilomètres, ils arrivèrent en vue de Laval. Ils n'eurent pas besoin de se concerter pour décider d'y faire halte. Monsieur Raminet prit dans la boîte à gants un livre rouge qu'il avait acquis en même temps que son véhicule. Il consulta ce merveilleux outil de l'imaginaire autant que mentor clairvoyant du voyageur avisé. Après réflexion, son choix se porta sur l'Hôtel de Paris. Le tenancier les accueillit avec un tact exquis :

« Deux chambres ou... une seule ? Hein ?

— Deux chambres, voyons ! » répliqua sévèrement Monsieur Raminet, courroucé par une telle familiarité, teintée d'une grivoiserie inacceptable.

Après s'être douché, Monsieur Raminet se mit quelques gouttes d'eau de Cologne dans le cou et alla retrouver Jane dans le petit jardin de l'hôtel, sous une fraîche tonnelle qui sentait bon l'herbe coupée. Une serveuse aux yeux effrontés leur apporta des rafraîchissements. Comme c'est souvent le cas après un événement marquant, ils étaient désireux d'être seuls et de se parler. Ce fut Monsieur Raminet qui ouvrit le feu :

« Mademoiselle, j'ai beaucoup de choses à vous dire et à vous demander. »

C'était un peu solennel comme entrée en matière et – Monsieur Raminet ne le savait pas encore – tout ce qui était solennel donnait à Jane une irrésistible envie de rire. Elle pouffa donc mais, voyant la mine contrariée de son compagnon, réussit à se contenir, et elle déclara d'un ton dramatique :

« Je suis prête !

— Hum... Eh bien, tout d'abord, vous m'avez, vous nous avez tirés d'un bien mauvais pas. De cela, je veux vous remercier du plus profond de mon être.

— On a eu chaud, hein, Pussy !

— Pour parler franc, j'étais mort de peur ! Et dire que cet ignoble... aurait pu... ah, s'il vous avait fait du mal !... »

Monsieur Raminet retira ses lunettes et les essuya fébrilement avec sa pochette. Jane l'observa, puis :

« Tu es un vrai homme, Pussy. Tu sais pourquoi ?

— Ma foi non, par exemple ! Je n'ai pas été très brillant, tout à l'heure, c'est le moins qu'on puisse dire ! Tandis que vous... Dites donc, vous m'avez vraiment étonné !

— Moi, c'est autre chose, je t'expliquerai. Mais toi, quand j'avais le rasoir sur la peau, j'ai dit des choses dégueulasses sur toi, et tu as fait semblant d'être furieux, et le petit con l'a pas vu et je l'ai dégommé. Tu as joué le coup très bien. Et maintenant, tu dis franchement que tu as eu peur : tu es mignon.

— Oui, je comprends ! » dit Monsieur Raminet qui, en fait, était un peu dépassé par ce discours et qui, soudain, accusait la fatigue de la journée.

« Tu veux savoir qui je suis ? proposa Jane gentiment.

— Bien entendu ! Enfin... s'il vous plaît !

— Tu connais les machines "Fenris" ?

— Les machines "Fenris"... pas du tout !

— Les pelleteuses, les bulldozers, les chariots, tout ça... ils sont toujours jaunes.

— Euh... j'ai peut-être aperçu, en effet, l'un de ces engins, mais je ne saurais dire où.

— Il y en a sur tous les chantiers.

— Vraiment ?

— Sur toute la terre.

— Soit. Mais quel rapport...

— L'homme qui fabrique s'appelle Fenris. Patrick Fenris.

— Ah!

— C'est mon père.

— Par exemple! Ça, c'est amusant!

— Pourquoi c'est amusant?

— Mais parce que vous devez voir votre nom écrit un peu partout!

— Et tu crois que je lis à chaque fois?

— Non, évidemment!... Pardonnez ma stupidité!

— Pussy! Pussy, tu es *fantastic*! » s'écria Jane en lui passant le bras autour du cou et en lui appliquant un baiser géant sur la joue.

Monsieur Raminet avait la tête qui bourdonnait un peu. Jane était excitée:

« Tu me demandes pas pourquoi je suis en France?

— Si... pourquoi êtes-vous en France?

— Je fais une étape du tour du monde.

— Vous faites le tour du monde?

— Oui, pour mon travail.

— Votre travail?

— Je fais la thèse pour mon université.

— Oh, c'est très intéressant! Une thèse de géographie, sans doute? Puis-je en connaître le sujet?

— Non. Psychologie.

— Ah? Et vous faites le tour du monde pour cela?

— Mon sujet est universel. Il est: "La timidité dans l'approche amoureuse". Chez tout le monde! Dans tous les pays!

— Oh!... Alors c'est très vaste, en effet!

— Mais il y a une limite importante: c'est seulement l'approche de l'homme vers la femme.

— Ah...

— Je ferai le contraire après.

— Je comprends. Mais, ce n'est pas trop dangereux pour une jeune fille de... toute seule...?

— Tu as vu la "jeune fille" tout à l'heure?

— Que oui! À ce propos, je voulais vous demander où vous aviez appris à lutter ainsi.

— À L. A.

— Pardon?

— Los Angeles. C'est là que j'habite. Mon père, c'est un vrai Américain. Il a mis une condition pour sa permission: si tu veux voyager, d'abord tu dois être champion de kung-fu et Nintendo.

— Apparemment, vous lui avez bien obéi!

— Pas mal! Tu as faim?

— Euh... un peu, oui. Mais avant, je voudrais savoir ce que vous avez fait du rasoir.

— Je l'ai enterré.

— Où ça?

— Sous la table, là, pendant que je t'attendais.
— Mais pourquoi là ?
— Parce que il n'y a pas d'herbe, on ne remue pas la terre, on le trouvera jamais !
— Vous pensez à tout ! Vraiment, je...
— On y va ? »

Ils dînèrent en tête-à-tête, sur une nappe aux carreaux blancs et rouges. Jane choisit son menu, Monsieur Raminet prit la même chose. Elle commanda du vin, il en but aussi. Des tables voisines, on les lorgnait comme un couple illégitime. La serveuse les contemplait avec les yeux d'une génisse regardant passer son premier train. Le patron venait régulièrement leur demander, d'un air entendu : « Ça va comme vous voulez ? » Jane répondait sans le regarder : « Très bien, merci ! » et poursuivait la conversation avec son vis-à-vis. Ils intriguaient tout le monde : depuis le début du repas, ils n'arrêtaient pas de parler ! Comment pouvait-on avoir autant de choses à se dire ! En fait, Monsieur Raminet se contentait de relancer Jane en lui posant une question de temps à autre. Le reste du temps, il était suspendu à ses lèvres, émerveillé, terrifié. Au café, elle avait à peine terminé de lui décrire sa méthode expérimentale et les vérifications auxquelles elle avait voulu personnellement procéder pour asseoir de manière irréfutable les fondements de sa théorie. Il y avait dans ses paroles un mélange de cynisme et d'innocence unis dans une grande conviction.

« Tous les hommes sont timides : les brutes qui veulent finir très vite avec la libido, les agneaux qui veulent qu'on les rassure à chaque étape, les passifs qui veulent croire que c'est l'autre qui doit prouver quelque chose.

— N'y a-t-il que trois catégories d'hommes ? » demanda Monsieur Raminet, craignant soudain de se voir rangé dans l'une d'elles.

« Pour la libido, oui ! répondit Jane avec beaucoup de douceur ; mais pourquoi sont-ils timides ? »

Monsieur Raminet lui jeta un bref regard, puis, les yeux baissés vers sa tasse de café :

« Sans doute avez-vous raison. Moi, je crois tout bêtement que c'est la beauté qui rend timide, car elle éveille chez l'autre ce dont il a le plus peur : sa propre libido, comme vous dites. »

Il essaya de penser à « sa propre libido ». Ce fut un effort comparable à celui qu'on fait quand on veut se remémorer le nom d'un parent éloigné qu'on a perdu de vue depuis si longtemps qu'on ne sait même plus si on l'aimait ou non.

Les lumières s'éteignirent petit à petit et ils se rendirent compte qu'il ne restait plus qu'eux deux dans la salle à manger. Ils se levèrent à regret ; chacun était gonflé de tout ce qu'il n'avait pas dit à l'autre. Leurs chambres étaient contiguës, au premier étage. Avant d'ouvrir sa porte, Monsieur Raminet se surprit à lancer dans le couloir :

« Je n'aime pas les chambres !

— Les chambres des hôtels ?

— Toutes les chambres !

— Pourquoi ?

— Parce que, quand on est seul, c'est là qu'on est seul !

— On n'est pas toujours seul, dans une chambre.

— Non, mais dès qu'on y reste trop longtemps, on est seul. Quand on veut vous laisser quelque part, c'est toujours dans une chambre. Au lieu de vous mettre en prison, on vous met au lit. Avec défense de sortir.

— On t'a mis en prison, comme ça ?

— Oui. » La lumière du couloir s'éteignit. Jane appuya sur le témoin lumineux de la minuterie.

« Souvent ?

— Oui.

— Tu étais malade ?

— Oui. Non. On me disait que je l'étais. Ça revenait au même.

— Ton père et ta mère étaient méchants ?

— Pas ma mère ! Pas ma mère ! Mais elle était obligée de faire comme il disait. Jusqu'au jour où elle est morte.

— Comment elle est morte ?
— D'un cancer.
— Tu avais quel âge ?
— Dix ans.
— C'est petit !
— Oh, oui, c'est petit !
— Et ton père, il faisait quoi ?
— Il avait tout le temps peur d'être mis à la porte.
— Il faisait quoi ?
— Il était clerc d'avoué. C'est impossible à expliquer. C'est un métier où on passe sa vie dans les papiers, sans parler à personne. On n'est pas bien payé et on obéit toujours au patron. Et, maintenant, bonne nuit, Jane !
— Pourquoi il est pas parti ?
— Oh... à cause de nous. Non, parce qu'il n'en avait pas le courage. Je sais que je ne devrais pas parler comme ça de mon père, mais le temps a passé, et je vois bien maintenant comment il était. Et ce qui est triste, ce n'est pas de me dire qu'il était comme ci ou comme ça, mais simplement qu'il était comme un autre... »

Monsieur Raminet ôta ses lunettes, les essuya avec sa pochette et essuya ses yeux. Jane ralluma encore la minuterie et fit resurgir les grosses fleurs entremêlées sur le papier peint du couloir.

« Il est mort aussi, ton père ?

— Oui. Ne me demandez pas de quoi. Je crois qu'il est mort de fatigue, à soixante-huit ans. J'avais vingt-trois ans. Je venais d'être nommé à mon premier poste. Eh bien, c'est monstrueux, vous savez, moi, j'ai été comme soulagé. L'enseignement représentait pour moi la liberté, la lumière.

— Je comprends complètement ! La lumière...

— Mais je vous ennuie avec toutes mes histoires et je vous empêche d'...

— Pussy ! C'est moi qui t'ai raconté mes histoires ! Toute la soirée !

— Oui, mais vous, c'était intéressant !

— Pussy ?

— Oui...

— Je n'avais jamais parlé comme ça. Avec quelqu'un comme toi.

— "Quelqu'un comme moi" ? C'est-à-dire ?

— Je ne sais pas. Je n'ai jamais encore rencontré.

— Je n'"en" ai encore jamais rencontré.

— Okay : Je n'"en" ai ! Bonne nuit, Pussy !

— Bonne nuit, Jane !

— Ho !... Ta chambre, là, ce n'est pas une prison : je suis à côté. »

Souvenir

Étaient-ce les dernières paroles de Jane, le dîner copieux et bien arrosé ou tout simplement la fatigue ? Monsieur Raminet n'eut pas le temps de se poser la question : il s'endormit tout de suite. Il rêva. Un escargot voulait vendre sa coquille en viager. Quels conseils lui donner ? Quelles précautions lui suggérer ? Il se trouvait embarrassé, lui qui n'avait jamais été « sec » à aucun oral. Il tentait de rassembler de pauvres notions juridiques.

Finalement, il ouvrit la bouche pour articuler une réponse, mais il ne parla que de lui :

« Vous savez, pour moi l'existence est un milieu historique où... quel charabia ! excusez-moi, je voulais dire : la vie est un environnement où j'existe de moins en moins car... je veux dire : je vis de moins à moins, c'est ça : je fonds lentement dans la vie, comme un sucre dans du café froid.

— Ah, » laissa tomber l'escargot, d'une voix horriblement vulgaire, avant d'ajouter :

« Et mon viager ?

— Oui, bien sûr, votre viager ! Bien sûr, bien sûr ! »

Il sentait la panique le gagner. Il se força à continuer de parler :

« Écoutez : vous êtes, si l'on veut bien dire les choses telles qu'elles sont, un gastéropode !

— Quoi ?

— Ne voyez dans mes propos aucune trace de racisme ! Je tente seulement de bien préciser les choses...

— Je m'en fous ! »

Tout cela devenait extrêmement pénible. Il se mit à parler d'une façon affreuse, très incorrecte, pour, en fin de compte, ne pas réussir à établir un contact réel avec cette bête qui, en même temps qu'elle le questionnait, le regardait avec dédain. Il crut avoir trouvé une solution :

« Vous savez, votre situation est délicate. À mon avis, elle mériterait que vous demandiez une consultation à l'un de mes confrères... spécialisé, ou à un professeur de viager qui pourrait utilement, en tout cas mieux que moi...

— Tu me laisses tomber, quoi !

— Pas du tout ! Au contraire ! Absolument pas ! Je vous recommande, dans votre intérêt, de... »

Mais l'escargot avait glissé du fauteuil et, déjà, quittait la pièce silencieusement, laissant derrière lui un profond sentiment de culpabilité et un léger sillon d'argent.

Le lendemain matin, il était plus de neuf heures quand il ouvrit l'œil. Il se sentit frais et dispos, expédia sa toilette, frappa à la porte de Jane, n'obtint pas de réponse, descendit dans la salle à manger, ne la vit pas et se fit alors interpeller par le patron :

« Vous chercher votre amie ?

— Ah, bonjour monsieur ! En effet, je...

— Elle est allée faire son jogging (il prononçait "joguine").

— Ah ! Il y a longtemps qu'elle... ?

— Oh, environ une heure et demie ! Elle, elle s'est levée de bonne heure ! Qu'est-ce que je vous sers ? Thé ? Café ?

— Du café au lait, s'il vous plaît.

— Hello, Pussy ! »

Une tornade blonde et rose venait d'entrer. Jane, à qui la course avait donné des couleurs, scintillait littéralement.

« Jane ! Comment allez-vous ?

— Magnifique ! Et toi ?

— Très bien, merci ! Vous êtes allée loin, comme ça ?

— Je suis sortie de l'hôtel, rue Ferry, puis rue de la Paix, puis quai Carnot, puis quai Boudet, puis le pont d'Avesnières, puis quai d'Avesnières, puis quai Goupil, puis pont Briand, puis rue de la Paix, puis rue Ferry, et voilà !

— Ma parole ! Vous connaissez Laval par cœur !

— Je lis la plaque à chaque rue et j'entraîne ma mémoire.

— Quel procédé original !

— Je vais prendre la douche et, dans cinq minutes, je reviens. »

Elle s'envola dans l'escalier. Monsieur Raminet trempa sa première tartine dans son café au lait.

Une heure plus tard, ils avaient repris la route. Monsieur Raminet était au volant, ceinturé et attentif. Jane se limait les ongles en chantonnant un air des Doors.

Monsieur Raminet était péniblement impressionné par son rêve. Il essayait de chasser de son esprit l'escargot et ses histoires de viager, mais il ne pouvait se défaire du stupide sentiment d'impuissance qu'il avait éprouvé au départ de son visiteur. Jane le tira de ses préoccupations.

« Tu n'as pas de femme ?

— Non. Non, je ne suis pas marié. »

Jane ne répliqua rien. Si bien que, très gêné soudain d'en rester là, Monsieur Raminet chercha désespérément quelque chose à ajouter.

« Pourquoi me demandez-vous cela ? fit-il d'un ton aigrelet.

— Je suis curieuse » répondit Jane, étrangement grave, tout d'un coup.

« C'est pour votre thèse, sans doute ? » hasarda Monsieur Raminet en essayant d'émettre un petit rire qui sonna aussi faux qu'un réveille-matin usagé.

« Est-ce que tu aimes les femmes ? » poursuivit Jane, en tournant la tête vers lui.

Monsieur Raminet lui jeta un bref coup d'œil puis, fixant à nouveau le bitume, articula précipitamment :

« Mais, certainement ! Certainement ! » Et, comme s'il venait de comprendre quelque chose, il reprit avec véhémence :

« Oh, oui ! Certainement ! J'aime, – que dis-je aimer ? – j'idolâtre la Femme ! La Femme est ce qu'il y a de plus beau, de plus...

— Alors pourquoi tu n'en as pas ? »

Monsieur Raminet ressentit la même sensation que si on lui avait donné un tour de vis supplémentaire dans la gorge. Au prix d'un effort extrême, il avoua à cette inconnue ce qu'il avait caché toute sa vie :

« Un jour, quand j'avais dix-sept ans, je suis tombé amoureux d'une jeune fille. Elle s'appelait Pierrette. C'était la sœur d'un camarade de lycée. Elle n'avait que quinze ans, mais elle était aussi grande que moi. Je l'aidais à faire ses devoirs.

— Elle était belle ?

— Très belle ! Elle avait une queue de cheval. Non, elle était... plus que belle. Elle était... si pure ! elle était... jolie.

— Tu lui as dit ?

— Non. Non, je n'osais pas, au début. Plus tard, quand j'avais décidé de lui déclarer ma fl... mon...

— Amour ?

— Oui, alors c'est moi qui ai appris par mon camarade qu'elle allait se marier. Avec un dentiste !

— Riche ?

— Je n'en sais rien !

— Et tu ne l'as jamais revue ?

— Non. J'ai voulu lui écrire pour lui souhaiter d'être heureuse, mais je n'ai pas eu le courage d'envoyer ma lettre et je l'ai brûlée.

— Oh, c'est dommage !

— Dommage ? Pourquoi donc ? » répliqua vivement Monsieur Raminet qui se sentait brusquement soulagé ; il ajouta en haussant le ton :

« Vous vous rendez compte ? J'ai écrit en tout et pour tout une seule lettre d'amour qui n'est jamais parvenue à sa destinatrice! Ah, le beau soupirant que voilà!

— Formidable! Et après elle, tu as eu d'autres femmes ou non?

— Non. Mais, elle, je ne l'ai pas "eue", voyons! Je viens de vous dire...

— Ah, oui! Okay! Je veux dire: tu as fait l'amour?

— Écoutez, toutes vos questions sont tout de même quelque peu indiscrètes! Je sais que vous faites une thèse, mais...

— Okay! Si tu es gêné, ne réponds pas!

— Mais je ne suis pas gêné! Pas du tout! » piailla Monsieur Raminet.

Jane lui donna alors deux petits tapes compréhensives sur la cuisse pour lui faire sentir qu'elle n'allait pas insister.

Du coup, ce fut Monsieur Raminet qui se sentit frustré que la discussion, pourtant si pénible, tournât aussi court. Il éprouva l'impérieux besoin de reprendre l'initiative. Il déclara posément:

« J'ai eu des rapports parfaitement intimes avec une jeune femme de Commercy.

— C'est quoi, Commercy? gazouilla Jane.

— Une petite ville de garnison. De soldats. C'est là que j'ai fait mon service militaire.

— Ah, je comprends!

— Qu'est-ce que vous comprenez ? Vous ne pouvez pas comprendre : vous ne connaissez pas Commercy ! Et puis, vous n'étiez même pas née ! Et puis, il n'y a rien à comprendre ! C'est comme ça, c'est tout !

— Pussy, pourquoi tu te mets en colère ?

— Mais je ne me...

— Pussy, je t'aime beaucoup, tu sais ! Mais quand tu te mets en colère, ça ne va pas. Reste cool. »

Elle avait l'art de vous dire tant de choses en deux mots ! Et sa voix flûtée venait vous envelopper comme une fraîche caresse. Et il émanait d'elle un parfum de fruit. Et elle était tellement enfant, et tellement forte, tellement gaie, tellement vivante. Monsieur Raminet desserra l'étreinte de ses doigts sur le volant et retourna au silence, mais, cette fois-ci, apaisé, rassuré, incompréhensiblement heureux.

De Combourg à Saint-Malo

Au début de l'après-midi, le ciel se couvrit rapidement. Il fit soudain très sombre. Les premières gouttes vinrent exploser contre le pare-brise. Monsieur Raminet inaugura ses essuie-glaces. Puis, les voitures qu'il croisait lui firent penser à allumer ses feux de croisement. On eût dit qu'on venait tout à coup de changer de saison. L'hiver, qu'on avait cru éloigné pour de bon, avait fait volte-face et était revenu prendre possession de l'un de ses territoires. Comme pour ne laisser aucun doute sur ses intention, il improvisa une bourrasque où la pluie et le vent s'en donnèrent à cœur joie. Les feuilles voltigeaient et l'averse commença à mitrailler la petite auto. Tel fut l'accueil qu'ils reçurent en arrivant à Combourg.

« Je voyais avec un plaisir indicible le retour de la saison des tempêtes » ne put s'empêcher de murmurer Monsieur Raminet. Il frissonna d'émotion. Un frisson d'enfance. Comme le rideau de la pluie le contraignait de rouler presque au pas, il décida de s'arrêter le long de la route. Ils se trouvaient juste au bord de l'étang derrière lequel s'étageaient les maisons de Combourg dominées par la silhouette sombre et massive du château. Monsieur Raminet coupa le contact. Instantanément, une nappe d'eau couvrit les vitres. Ils furent isolés du monde au cœur de la pluie.

« Qu'est-ce que c'est : "indicible" ?

— Oh, vous avez entendu ce que j'ai dit ? Indicible, c'est... c'est quand c'est tellement fort qu'il n'y a pas de mots assez forts.

— Tu as dit "plaisir indicible" ?

— Oui ! Enfin, ce n'est pas moi qu'il l'ai dit. C'est quelqu'un qui a passé sa jeunesse ici, dans ce château.

— Un ami ?

— Ah, un ami ! Oui, si vous voulez ! Tenez, il est allé en Amérique ! Quand il a vu la terre, de son bateau, il a eu une émotion. Il a dit : "Le cœur me battit quand le capitaine me la montra : l'Amérique !" et aussi : "La vieille société finissant dans la jeune Amérique..."

— Il est allé en bateau ? » releva Jane d'un air intéressé.

« Eh oui ! Vous vous demandez bien pourquoi !

— Non, je devine. C'est un *seaman* ! C'est Loïc de Tremigon ! »

Pour parler vulgairement, Monsieur Raminet en resta comme deux ronds de flan. Il ne put détacher de Jane ses yeux écarquillés. La stupeur devait imprégner à tel point son visage qu'elle demanda vivement :

« Qu'est-ce qu'il y a, Pussy ? Ça va ?

— Vous... vous connaissez Loïc de Tremigon ?

— Bien sûr ! Il est très connu ! C'est un navigateur *fantastic* ! Et tu me dis que c'est ton ami !

— C'est vrai, je suis bête ! Vous savez, c'est un camarade de lycée.

— Waouh ! » hurla Jane d'un ton presque douloureux.

Devant tant d'enthousiasme, Monsieur Raminet éprouvait à la fois de la fierté et de l'inquiétude.

« Tu sais où il est ?

— Quand il n'est pas sur la mer, il doit être à Saint-Malo. Mais je ne l'ai pas revu depuis...

— *Fantastic !*

— Vous aimeriez donc tant que ça le rencontrer ?

— Oh, oui ! » soupira Jane, les yeux chavirés.

À ce moment, l'inquiétude l'emporta sur la fierté chez Monsieur Raminet. La pluie s'était calmée. Il remit le moteur en marche et ils entrèrent dans Combourg. Ils traversèrent la petite place où se trouvait la statue du grand homme. Les jambes croisées sous sa cape de pierre, la tête penchée sur son menton, il semblait absorbé dans une rêverie particulièrement profonde et il ne leur accorda pas le moindre regard. Autour de lui, dans la lumière encore hésitante de mars, quelques marronniers hissaient, au-dessus de leur troncs opaques, des chevelures en bois piquées çà et là de pigeons bleus, tels des fleurs en papier sur des voilettes incertaines. Ils longèrent le château en remontant et ils sortirent du bourg. Le déluge avait cessé pour de bon, mais le ciel restait gris. Dans les bois de Combourg, les grands arbres pleuraient. On se serait cru au cœur d'un vieil automne.

Une demi-heure plus tard, ils étaient en vue de Saint-Malo. L'entrée de l'agglomération était devenue particulièrement jolie: routes à quatre voies, échangeurs, ronds-points, rocades, le tout bordé de panneaux publicitaires et de poteaux indicateurs, sentinelles tapageuses dont les messages étaient rendus indéchiffrables par leur propre surabondance. Du premier coup, Monsieur Raminet rata la route qu'il comptait prendre, ce qui eut pour heureuse conséquence de les faire arriver par le « Sillon », ce long ruban d'asphalte qui longe la mer et qui s'arrête aux pieds des remparts de la Cité corsaire. Le vent se fit plus fort. Il ajoutait encore à l'instabilité de la saison. Sur leur droite, par-dessus un petit muret de granit, ils apercevaient des moutons qui dansaient sur les flots verts et mauves. Devant eux, au bout de la chaussée, une masse noire, dont ne sortaient qu'un donjon et la flèche d'un clocher, paraissait dériver vers la mer sous l'éclairage de projecteurs inconnus. C'était le temps où des grands ciels se mettent en place. Venu de l'autre côté de la Terre, un désordre total occupait progressivement l'espace. Sur fond de toile bleue, une houle anthracite, gonflée, s'enflait encore, vague après vague, dans un silence redoutable, avec ça et là des déchirures violettes, vertes, roses, des allées de lumière, des clairières aveuglantes et, par intermittence, tantôt tout proche, tantôt renvoyé au fond du décor, fuyant à travers ces panneaux coulissants, un soleil qui avait l'air d'une lune royale, surprise, pressée, méconnaissable.

Un dîner chez les Bagot

Le monde était sans doute pour le père de Jane ce qu'un salon est pour un mondain professionnel : une sorte de réservoir dont on vérifie régulièrement le niveau afin d'y puiser en toute confiance ce dont on a besoin. Ainsi, sa fille était attendue à Saint-Malo par la famille d'un certain Pierre Frachon.

« Puis-je vous demander ce que fait ce monsieur ?

— Tu le connais pas ! Pussy, c'est le *number one* des revêtements d'étanchéité !

— Par exemple ! dit Monsieur Raminet d'un ton légèrement contrarié ; et il habite Saint-Malo !

— C'est sa maison pour les vacances.

— Ah, je comprends mieux ! Je comprends mieux ! » s'exclama-t-il, comme si soudain l'existence dudit Pierre Frachon était devenue pour lui capitale.

— Ça t'ennuie que je le voie ?

— Mais pas du tout ! Il ne manquerait plus que cela ! Moi, de toutes façons, il faut que je reprenne contact avec ce pays, que je retrouve mes souvenirs. Et puis, aussi, que j'aille dire bonjour à ma famille ! Je vous en ai parlé...

— Oh, oui ! Je voudrais bien les voir !

— Ah... Après tout, pourquoi pas ! »

En fait de famille, il ne disposait que d'une sœur, mariée à un chef de contrôle de la conservation des hypothèques : Maurice Bagot. Il exerçait ses fonctions à la plus grande satisfaction de l'administration : instinctivement méthodique, naturellement méticuleux, obstinément honnête, il mettait à toute chose une application exemplaire qui, le mettant à l'abri de toute erreur, lui avait permis d'acquérir l'estime de monsieur le conservateur lui-même et la haine soutenue de ses subordonnés. Homme équilibré, il savait exploiter ses loisirs en poursuivant une passionnante collection de timbres commencée dès l'enfance. Que sa sœur ait pu un jour être séduite par un tel personnage était devenu pour Monsieur Raminet un lourd sujet de méditation au cœur duquel il devait faire un effort pour renouveler son admiration devant les mystères insondables de l'âme humaine. Quoi qu'il en soit, un fils était venu bénir cette union, conférant ainsi à Monsieur Raminet, qui n'avait rien demandé, le bizarre statut d'oncle, générateur de liens mal serrés et d'une affectivité intermittente.

« Ça t'embête que je voie ta famille? demanda Jane avec un sourire compatissant par anticipation.

— Non! Mais non! Mais... vous allez peut-être vous embêter...

— Oh, non! Je dois rencontrer des gens! C'est mon travail! Même si c'est très... emmerdant. C'est correct?

— Oui. Non! C'est grossier! Dites plutôt: "désagréable", "ennuyeux", "fastidieux", "pesant", ...

— Même si c'est tout ça!

— Eh bien alors... c'est parfait! Je vous emmène dîner chez eux! Et à Dieu vat! »

L'appartement des Bagot était situé *intra-muros*. Très *intra-muros*. C'était un rez-de-chaussée. Aussi était-il protégé de toute vue sur la mer avec le cortège de désagréments que cela comporte: trop de vent, trop de soleil, trop d'embruns, trop de frais d'entretien, sans compter la curiosité des touristes, sur les remparts, qui, au lieu de regarder la mer, trouvent très intéressant de lorgner votre intimité. Maurice Bagot avait su choisir un logement bien à l'ombre, enfoui dans le granit, au ras d'une rue étroite à sens unique. Pour parvenir au porche d'entrée, il fallait affronter de violents courants d'air glacés en toute saison. Ils semblaient être la manifestation, non d'éléments météorologiques identifiables, mais de la vigilance d'une cruelle divinité chtonienne chargée de défendre cet accès.

« Si je me souviens bien, c'est la porte de droite », dit Monsieur Raminet.

Il appuya résolument sur un petit bouton blanc qu'aucun nom ne désignait. Trois notes chétives se firent entendre. Puis, plus rien.

« Tu es sûr qu'il y a quelqu'un? » demanda Jane en lui prenant la main comme l'aurait fait, en pareille circonstance, le plus courageux des petits enfants.

« Sûrement! répliqua Monsieur Raminet; Maurice m'a dit qu'ils ne partaient pas à Pâques. Ma sœur aussi me l'a dit. Notre coup de téléphone a duré au moins dix minutes, alors…! »

À peine venait-il de parler que ses paroles lui parurent complètement stupides. La situation s'éternisait. Enfin, contre toute attente, la porte s'ouvrit. Dans son encadrement se trouvait un homme maigre, voûté, doté d'un reste de cheveux accroché à un crâne étroit et de lunettes à double foyer. Sa moustache était trop mince, son pull-over trop court, son pantalon trop long. Il portait des chaussons marron à semelles épaisses.

Après avoir marqué un temps pendant lequel la surprise et l'ennui se mêlèrent sur sa physionomie, il accueillit gracieusement ses visiteurs:

« Ben... c'est toi ? Pourquoi n'allumes-tu pas dans l'entrée ?

— Je... je n'ai pas trouvé l'interrupteur, s'excusa Monsieur Raminet.

— Ah, bon ! Eh bien, entre ! Entre !

— Je suis accompagné...

— Hein ?

— Permets-moi de te présenter Mlle Fenris.

— Qui est-ce ?

— Je t'expliquerai. Pouvons-nous entrer ?

— Ben oui ! Elle va pas rester là !

— Bonsoir, M. Bagot ! articula Jane joliment en se glissant dans un couloir tapissé d'un papier vert empire.

— Bonsoir, bonsoir ! dit précipitamment le sieur Bagot qui ajouta aussitôt, comme s'il venait d'avoir une idée salvatrice :

« Je vais appeler ma femme ! Madeleine ! Madeleine ! »

Arriva alors en trottinant un petit mouton frisé, en blanc et bleu, vif et souriant, mais dont les yeux étaient étrangement fixes.

« J'étais juste en train de démouler mon gâteau quand ça a sonné ! C'est pour ça que Maurice est allé ouvrir. Comment vas-tu, Félix ? Oh, mais tu es avec quelqu'un ! Bonsoir, mademoiselle ! Comment allez-vous ? Moi, je m'appelle Madeleine Bagot, mais vous pouvez m'appeler Madeleine, cela me fera plaisir. Vous êtes une étudiante de Félix ? Tiens, je ne t'ai pas encore embrassé, toi ! Voilà ! Et puis, tiens, je vous embrasse aussi ! Nous n'avons pas si souvent de la visite ! Oh ! Je ne vous ai pas encore demandé votre nom !

— Forcément, tu parles tout le temps ! commenta sévèrement Maurice Bagot.

— Je m'appelle Jane Fenris, mais si vous m'appelez Jane, je serai heureuse !

— Eh bien, c'est entendu ! Mais on ne va pas rester dans le couloir ! Entrez, venez dans le salon ! »

C'était une pièce toute en bibelots et en dentelles, dont les deux fenêtres étaient fermement défendues par de grandes plantes vertes.

« Fais donc asseoir, Maurice ! Moi, je vais appeler Bernard.

— Mais il travaille ! grogna Maurice.

— Il peut tout de même bien venir dire bonjour ! Et puis, de toutes façons, nous allons bientôt dîner !

— Dis donc, murmura Maurice Bagot en retenant sa femme un peu à l'écart, comment on va faire ? On est cinq au lieu de quatre...

— Ne t'inquiète pas : j'ai fait de la blanquette, ce sera sûrement suffisant !

— En tout cas, je n'ai qu'une bouteille de bordeaux. Faudra que ça aille !

— Mais oui, ça ira ! Allez, fais asseoir. Moi, je vais chercher Bernard ! »

Ils se disposèrent autour d'une table basse en fer forgé, contre les coins de laquelle ils n'oublièrent pas de se cogner les tibias, avant de s'asseoir sur les sièges tapissés de fleurs rouges.

Madeleine, qui s'était éclipsée, vint les rejoindre accompagnée d'un gros garçon roussâtre qui avait de tout petits yeux. Une barbe balbutiante accentuait encore la rondeur de ses joues et ne dissimulait qu'imparfaitement de locales éruptions.

« Voici notre grand Bernard! » claironna la petite Madeleine à l'adresse de Jane; puis, se tournant vers son frère:

« Et toi, Félix, l'aurais-tu reconnu dans la rue?

— Ah, par exemple, je crois bien que non! Quel... quel gaillard! Quel gaillard!

— Eh bien, Bernard! Embrasse ton oncle! Et pis, pendant que tu y es, embrasse aussi la petite demoiselle, n'est-ce pas?

— Oui, dit Jane, qui ajouta, tout sourire: J'embrasse Bernard, le gaillard! »

Maurice Bagot suivait tout cela d'un œil rond d'étonnement. Bernard se mit à marteler les joues de son oncle et de Jane de lourds baisers qui résonnaient comme des coups de boutoir. On se rassit. Puis, ce fut l'apéritif, où un reste de Banyuls disputa la vedette à une boisson aux fruits. Puis, ce fut le dîner, où la vaillante petite blanquette ne résista toutefois pas bien longtemps. On eut malgré tout le loisir d'apprendre que Bernard poursuivait de brillantes études de droit en préparant une thèse dont l'audacieux sujet s'énonçait ainsi : « L'état de droit sous l'effet de serre ». Monsieur Raminet formula un commentaire impromptu : « L'état de droit cesse quand la peur collective isole chaque citoyen. La peur coupe l'imagination, donc la tolérance. Quant au contrat social, ses liens seront vite mis à nu, donc fragiles. »

Jane, qui n'avait pas bien entendu, se fit répéter le sujet de la thèse. Bernard parla un peu vite en articulant mollement, ce qui fit qu'elle comprit à peu près ceci : « Les tas de doigts sous les fesses serrent ». Elle le murmura à Monsieur Raminet qui lui répliqua sèchement : « Le calembour n'est pas une nourriture. Surtout quand il est imparfait. » Elle resta alors légèrement étonnée au milieu de la conversation où l'on faisait l'éloge du robin prometteur qui ne cessait de donner, aussi bien à ses professeurs qu'à ses parents, « toute satisfaction ». Lorsqu'au gâteau aux pommes la solitaire bouteille de bordeaux fut tarie, on s'enquit des projets de Monsieur Raminet. On réussit à lui faire avouer qu'il était revenu en Bretagne pour retrouver sa maison et y passer sa retraite.

« Il faut bien finir ses jours quelque part ! dit Madeleine.

— J'espère que tu vas aller dire bonjour à la cousine Marie ! intima Maurice Bagot.

— Certainement, certainement.

— Elle est au foyer des Ajoncs. Ils sont très bien installés, tu verras !

— D'accord, j'irai ! C'est promis.

— Elle n'a jamais voulu se marier, hein ! Tu sais pourquoi, hein !

— Mais non, je ne sais pas ! Chacun fait ce qu'il veut et... tiens, laisse-moi donc finir ce délicieux gâteau ! »

Un petit silence se fit, que Monsieur Raminet traversa de façon très désagréable. D'anciens ragots venaient d'être évoqués et, sous l'effet d'un vague sentiment de culpabilité, il se mit à piquer rageusement les miettes de gâteau qui restaient dans son assiette.

Au café, Madeleine déclara qu'elle trouvait Jane très sympathique « pour une Américaine », mais Maurice reposa sa tasse et demanda tout à trac :

« Mademoiselle, on peut savoir ce que vous faites avec mon beau-frère ?

— Si tu permets, c'est moi qui vais répondre ! » intervint Monsieur Raminet en ôtant vivement ses lunettes pour les essuyer.

Un grand désappointement se lut sur le visage de Maurice Bagot.

Madeleine voulut prévenir un risque d'orage :

« C'est normal ! Elle est étrangère ! Dis-nous, Félix !

— Eh bien voilà... Mais avant tout, il faut que vous sachiez que Jane n'est pas mon élève. Notre rencontre, purement fortuite, vaut d'ailleurs d'être contée. Vous savez que je viens seulement d'avoir mon permis de conduire. Donc... »

Comment, quand on est incapable de mentir, raconter sans rien omettre la rencontre au parking, l'épisode de l'auto-stoppeur, la nuit à Laval, la halte à Combourg, la personnalité et le milieu social de Jane ; bref, l'enchaînement invraisemblable des événements dont l'apparente ambiguïté aurait pu prêter aux plus scabreuses interprétations ? Monsieur Raminet se tira en virtuose de cet exercice périlleux. Il sut rendre le vrai vraisemblable, banalisant les pires excentricités, clarifiant les plus douteuses équivoques et, surtout, donnant constamment à Jane le beau rôle au point que celle-ci, à la fin du récit, ne put y tenir :

« Pussy est trop chic avec moi ! Lui aussi, il a été formidable ! Et moi, je l'adore ! »

Le seul mot de « Pussy » ruina instantanément le fruit des efforts déployés par Monsieur Raminet pour présenter les choses d'une façon convenable. Ce « Pussy » fut pour les oreilles Bagot le signe du stupre, l'aveu de l'ignominie, le ricanement de

Satan. Monsieur Raminet, rouge comme un coq, ne trouvait rien à dire. Jane, rayonnante, prit sa main dans la sienne sur le canapé à fleurs. On ne parvint pas à se débarrasser du mot « Pussy ». Il rebondissait d'un mur à l'autre, rampait sur le tapis, s'accrochait aux rideaux, s'enroulait autour du lustre. Dès lors, la soirée tourna court.

Bernard devait remonter dans sa chambre pour continuer à donner « toute satisfaction » en travaillant d'arrache-pied. Maurice Bagot était quant à lui fatigué par ses tâches et ses responsabilités surhumaines à la conservation des hypothèques. Madeleine, enfin, seule à assurer le train de la maison depuis de longues années, avouait un net penchant pour le sommeil à partir de dix heures du soir. L'abondance et l'excellence de ces raisons firent qu'on prit congé. Les embrassades furent plus courtes qu'à l'arrivée. Bernard sembla pourtant animé d'une certaine ardeur pour réinfliger à Jane quelques coups de boutoir, mais ses parents le calmèrent bien vite avec une affectueuse fermeté. Enfin, on promit vaguement de se revoir tout en convenant que « rien ne pressait ».

Monsieur Raminet et Jane se retrouvèrent sur le trottoir, dans la nuit et dans le froid. Jane déclara :

« J'ai fait une faute. Ils sont choqués à cause de moi. Je suis stupide !

— Pas du tout ! répliqua Monsieur Raminet ;

ce sont eux qui sont stupides ! Je l'affirme ! Ils n'ont absolument rien compris !

— C'est vrai ? Alors, tu n'es pas fâché ?

— Ah, que si ! Contre eux ! Mon beau-frère est toujours aussi besogneux, ma sœur est une brave femme qui a peur de tout, et quant à mon neveu, il est incapable ne fût-ce que d'un embryon de réflexion ! Ses études le rendent balourd, ma parole ! Mais je dis : attention ! *"Mens sana in corpore sano"* ! La jeunesse d'aujourd'hui ne devrait pas l'oublier. Les parents non plus, d'ailleurs ! »

Sans s'en rendre compte, Monsieur Raminet s'était mis à parler fort dans la petite rue déserte et quelques visages étaient apparus aux fenêtres, derrière les rideaux plissés. Jane avait envie de rire, mais elle avait également froid et souhaitait gagner au plus tôt des lieux plus hospitaliers :

« Donc, tu n'es pas fâché contre moi ?

— Mais non ! Pas le moins du monde ! Je suis même confus de vous avoir infligé cette lugubre soirée au prétexte – fallacieux, je m'en rends compte maintenant ! – de vous faire connaître ce qu'il me reste de famille. Ah, on m'y reprendra !

— Ne pense plus à tout ça ! Je t'emmène boire un verre.

— Boire ? Où cela ?

— Dans un night-club.

— C'est une plaisanterie ? »

Le night-club

Ce n'était pas une plaisanterie. Jane l'entraîna dans un de ces lieux qui mettent un point d'honneur à être dissimulés, à n'ouvrir que fort tard dans la nuit, à n'être que très faiblement éclairés et, surtout, à maintenir une surproduction de décibels dans leurs antres surpeuplés.

L'arrivée de Jane fut perçue comme l'apparition d'une reine de la nuit venant rendre visite à ses sujets. Sa beauté, dans la demi-obscurité, demeurait éclatante. La présence à ses côtés de Monsieur Raminet ne laissait pas d'intriguer : les yeux s'arrondirent et les visages furent envahis par l'expression de la plus intense incrédulité. Qu'il se trouvât dans ce lieu était déjà, en soi, profondément suspect ; qu'il accompagnât tranquillement cette fille « super », « géniale », « torride », relevait du scandale pur et simple. Les imaginations allaient bon train: on hésitait entre le millionnaire lubrique, l'oncle à héritage et le satyre névrosé.

Ils se frayèrent un passage dans la direction que leur avait indiquée un videur déguisé en marin. Ils prirent place autour d'une petite table, sur des tabourets en bois, tellement étroits et tellement bas que Monsieur Raminet dut s'y reprendre à deux fois pour réussir l'atterrissage de son arrière-train.

Il laissa Jane commander les consommations et essuya ses lunettes pour s'aider à discerner les spécimens de cette espèce particulière dont le milieu écologique adéquat était une musique hurlante dans une atmosphère enfumée. Ses yeux, s'habituant à la pénombre, lui firent distinguer les occupants de la table voisine. Leurs bustes et leurs têtes ondulaient avec une sorte de gravité douloureuse. Ils avaient l'air furieusement préoccupés. Au moyen de quelques esquisses de cernes sous les yeux, ils anticipaient sur leur lointaine vieillesse. Une légère crispation des lèvres et des rangées de rides judicieusement réparties du front au menton voulaient témoigner de souffrances particulières dont l'existence hypothétique se trouvait ainsi proclamée, comme s'ils avaient brandi une pancarte revendicatrice afin d'empêcher quiconque de douter qu'ils « avaient vécu ». Leurs voix faisaient des bruits d'ophicléide. Peu remuants, ils ployaient des échines coupables et semblaient survivre dans la banlieue de leurs nombrils.

Sur la piste de danse exiguë, une quinzaine de célébrants se livraient au coude à coude à des contorsions sans fin. Comme tous ceux pour qui la danse est un domaine totalement inconnu – ceux dont le corps ne saura jamais exprimer le plaisir que le cerveau reçoit de l'oreille – Monsieur Raminet prit le temps de se dire « Comment peut-on se tortiller ainsi ? Si c'est cela qu'on appelle danser, maintenant ! Et pourquoi fait-il si sombre ? » Et, alors qu'il la croyait à ses côtés, il reconnut Jane parmi le groupe de ceux auxquels il déniait le statut de danseurs. « Ça par exemple, se dit-il, voilà bien un endroit où tout peut arriver avant qu'on s'en aperçoive ! »

Il avait pleinement raison, car cinq minutes plus tard, il faisait partie du groupe et riait bêtement en levant les bras et les pieds comme un plantigrade dévergondé. Il tint ainsi un bon quart d'heure. Puis, de retour à la table, suant et dégoulinant, il refit prestement le monde et remodela le destin de l'homme avec une autorité et une hauteur de vue impériales, en absorbant force breuvages dont les plus inoffensifs portaient les noms qui avaient pour lui le charme bien connu de l'inconnu, tels que : « Whisky-Coca » ou « Vodka-Peppermint ». Son auditoire se composait de Jane et de deux garçons,

Bruno et Marc, du même âge qu'elle. Ils étaient apparemment captivés, relançaient la discussion avec de cruelles interrogations comme « Peut-on parvenir à se connaître soi-même ? », « La violence est-elle l'avenir de l'homme ? », « L'amour n'est-il qu'une conséquence du Beau ? ». Et tout cela à tue-tête, pour tâcher pendant quelques secondes de repousser l'assaut du rock et du disco. À un moment Monsieur Raminet se tut, but une gorgée, reposa son verre, essuya ses lunettes et reprit d'une voix très posée :

« Je voudrais trouver une bonne question.

— C'est quoi ? demanda Bruno.

— C'est une question qui serait toujours à ma disposition.

— Pour quoi faire ? dit Marc.

— Je pourrais me la poser quand je voudrais.

— Je ne comprends pas, murmura Bruno.

— Écoutez bien : je voudrais avoir une question que je pourrai me poser juste avant de mourir. Pour ça, il faut que ce soit une vraie question.

— Si tu meurs juste après, ça ne sert à rien de la poser ! remarqua Jane.

— Si c'est une vraie question, elle restera ouverte, aucune réponse ne viendra la boucher. Elle continuera toujours de respirer. Je l'aurai toujours avec moi. Elle m'aura rendu réel.

— Dis donc, tu dis des choses quand tu bois du whisky! s'exclama Jane.

— Ce que je dis est vrai! » trancha solennellement Monsieur Raminet.

Jane lui suggéra alors de partir. Monsieur Raminet obtempéra docilement, dit au revoir à ses deux jeunes amis et se laissa tirer par la main jusqu'à la sortie. L'air vif de la nuit le fouetta salutairement et il décida de renouveler le contenu de ses poumons en effectuant quelques mouvements respiratoires. Jane marchait à quelques mètres devant lui quand tout à coup, derrière elle, surgit de l'ombre une silhouette massive. Elle n'eut pas le temps de voir le bras s'abattre sur sa nuque et tomba d'un coup. Monsieur Raminet fut tout d'abord cloué par la surprise. Mais quand il distingua vaguement une main qui arrachait le sac de Jane en tirant sur la bandoulière, il se ressaisit magnifiquement:

« Lâchez ce sac immédiatement!

— Sans blague? rétorqua une voix grasse; t'es peut-être de la police, pépère?

— Parfaitement! s'entendit répondre Monsieur Raminet, à sa propre stupéfaction; "pépère" est justement de la police! Vous constaterez donc avec moi que cette "nuit" n'est pas votre "jour" de chance! Ah! Ah! Ah! »

L'alcool donnait au rire de Monsieur Raminet une résonance éraillée, et sa juste colère dotait sa voix d'un vibrato hystérique. L'épaisse brute en resta stupide. Il risqua une question :

« Qu'est-ce qui me prouve que t'es de la police ?

— C'est moi qui pose des questions, ici ! Petite fripouille, vile canaille, misérable gredin, si, à trois, vous n'avez pas lâché ce sac, vous reprocherez à votre mère de vous avoir infligé la vie ! Un, deux...

— Qu'est-ce que j'en ai à foutre ! » marmonna l'autre, en laissant tomber le sac avant de disparaître dans la nuit.

Monsieur Raminet se précipita vers Jane. Il ne savait pas trop quoi faire. En s'agenouillant près de son visage, il pensa rapidement : « J'aurais dû essayer de passer mon brevet de secourisme ! Alors, il se remémora dans le désordre certaines paroles ou certaines images ayant trait à de semblables circonstances. D'une main, il releva doucement la tête de Jane et, de l'autre main, il se mit à la gifler à une cadence soutenue. Puis, se traitant de triple idiot, il arrêta les gifles et colla son oreille contre son chemisier pour écouter son cœur. Il perçut parfaitement le ferme moelleux de sa poitrine, mais de battement de cœur, point. Sans doute n'avait-il pas collé son oreille au bon endroit. Il se lança alors dans une série de tâtonnements articulaires, ce qui eut pour effet de lui faire monter le sang à la tête. Il commençait à désespérer, lorsqu'une voix aimable se fit entendre derrière son dos:

« Vous permettez, monsieur ? Je crois qu'il faut la faire respirer. »

Monsieur Raminet se retourna et aperçut un jeune homme d'une vingtaine d'années, au visage ouvert et au regard franc, dans lequel il reconnut Bruno.

« Je… je vous en prie ! » dit Monsieur Raminet en se redressant avec peine, complètement congestionné, avec en prime une crampe tout le long du dos.

Bruno se pencha vivement vers Jane, lui écarta les mâchoires avec ses deux mains, se rua de toute sa bouche dans l'orifice ainsi pratiqué et se mit à souffler comme un forcené.

« C'est cela, se dit machinalement Monsieur Raminet, c'est cela ce que j'aurais dû faire ! »

Effectivement, au bout de quelques instants, Jane rouvrit ses yeux admirables et murmura:

« *What's happened?*

— *Are you okay?* dit Bruno.

— Quel bonheur! s'exclama Monsieur Raminet. Quel bonheur! Jane! Jane, vous êtes sauvée!

— Pussy, tu es là ! »

Bruno tourna la tête vers Monsieur Raminet. Il avait toujours l'air aussi aimable, mais avec une légère expression d'étonnement.

« Oui, Jane, c'est moi! Et voici votre sauveur: Bruno.

— Mais c'est vous, monsieur, qui avez sauvé la... euh...

— Non, non! Je n'arrivais à rien, vous avez vu! Je n'ai pas mon brevet de secouriste, alors, n'est-ce pas...

— Mais ça ne fait rien! Enfin, je veux dire...

— Si, si! Vous avez raison: l'essentiel, c'est qu'elle soit vivante et...

— Où est mon sac? » demanda Jane. Quand une femme pose cette question, c'est qu'elle a repris tout à fait ses esprits.

« Votre sac... votre sac...

— Le voici, dit le jeune homme; votre agresseur l'a lâché sur ordre de monsieur... qui lui a flanqué la frousse.

— Toi, Pussy? questionna Jane avec un tendre sourire.

— Ma foi,... » allait commencer Monsieur Raminet, quand le jeune homme l'interrompit pour proposer:

« Nous n'allons pas rester ici toute la nuit! Marc est allé chercher sa voiture. Permettez-nous de vous raccompagner. Mais vous auriez peut-être besoin de boire quelque chose, Jane.

— Oh, oui! approuva Jane en se remettant debout.

— Où que nous allions, vous êtes mes invités ! » décréta Monsieur Raminet, avec solennité.

Il n'avait jamais eu l'expérience de l'ivresse et il ne savait donc pas qu'il se trouvait à mi-chemin entre la légère gaieté et l'ébriété déclarée. Il était, sous le coup de ses émotions, heureux d'une étrange façon : l'estomac barbouillé et le cœur léger.

Le foyer des Ajoncs

Quoi qu'il lui en coûtât, Monsieur Raminet avait toujours eu l'habitude de faire ce qu'il avait dit. Aussi, comme il l'avait promis à son cher beau-frère, alla-t-il au foyer des Ajoncs. Son mérite n'était pas mince : après sa nuit agitée et arrosée, il avait connu un réveil plutôt douloureux. Un serre-tête en plomb lui broyait le crâne, son estomac était toujours barbouillé, le moindre mouvement exigeait des efforts surhumains. C'était sa première « gueule de bois ». Malheureusement, il était seul à l'assumer dans la petite villa que lui avaient laissée ses parents. Jane couchait à l'hôtel, *intra-muros*. C'était là leurs arrangements.

Vers midi et demi, au bout de plusieurs comprimés d'aspirine et d'une quantité impressionnante de café, il s'installa au volant de sa voiture.

Vers une heure moins vingt, il démarra. Environ trois quarts d'heure plus tard, il se garait sur le parking du foyer des Ajoncs, situé à six kilomètres de Saint-Malo, sur la route de Dol. Le bâtiment, carré, comportait trois étages. Les murs étaient recouverts d'un crépi jaune. Une porte vitrée, avec les barreaux en métal, permettait d'accéder à un petit hall au centre duquel se trouvait un guichet occupé par une femme sans âge, la tête prise dans une cornette blanche, dont les lèvres étaient pliées dans une sorte de sourire d'une perpétuelle compassion.

Monsieur Raminet exposa du mieux qu'il put la raison de sa visite. La dame lui sourit avec encore plus de compassion, avant de lui dire, comme si elle lui en avait fait le reproche:

« Vous savez, c'est le dimanche de Pâques, aujourd'hui! Nos vieux ont un déjeûner amélioré! Alors on va attendre un petit peu que sa cousine ait fini, n'est-ce pas?

— Euh... oui, bien sûr! bafouilla Monsieur Raminet qui était soudain repris par d'horribles haut-le-cœur.

— À moins qu'on ne veuille rejoindre sa cousine pour le dessert? » poursuivit la dame, impitoyable, en sortant de son guichet comme un jouet mécanique.

« Non, je...

— Si, c'est possible ! Suivez-moi ! » Et elle l'entraîna au fond d'un couloir où elle lui ouvrit une porte.

C'était une salle de classe dont les tables jaunes avaient été redisposées en un grand rectangle garni sur les quatre côtés de vieillards rouges qui, à n'en pas douter, étaient plongés dans la plus franche allégresse : leurs yeux scintillaient, leurs peaux tremblaient, leurs bouches émettaient des sons de poulies. Les murs nus renvoyaient les échos de cette gaieté jusqu'au plafond décoré de trois guirlandes en papier.

Monsieur Raminet fut invité à prendre place sur le versant gauche d'une personne de grandes dimensions qui portait une robe à fleurs. Elle inclina cérémonieusement la tête vers lui tandis qu'il déposait sa propre personne à côté d'elle. Il lui rendit son salut tout en voulant se rapprocher de la table, ce qui fit grincer les pieds de sa chaise sur le carrelage. En même temps, il se cogna les genoux contre une barre métallique sournoisement dissimulée.

« Excusez-moi ! » bafouilla-t-il.

En guise de réponse, sa digne voisine lui accorda ce qui, dans son registre, devait correspondre à un signe de bienvenue. La mince rangée de ses dents, la monture dorée de ses lunettes, ses yeux plissés, ses minuscules boucles d'oreilles, le faisceau mouvant de ses rides, les ondulations multiples qu'une implacable permanente avait immobilisées dans ses cheveux mauves, le fourmillement des fleurs de sa robe, tout cela composait un ensemble chiffonné qui inspirait, comme les poupées de papier, autant de dégoût que d'attendrissement, car il laissait transparaître une sourde volonté d'évoquer encore, en rassemblant les derniers colifichets avant l'éternelle solitude, ce qu'avait pu être, jadis, dans de semblables circonstances, celle qui n'était plus aujourd'hui que sa voisine et qu'alors on avait toujours sacrée « reine de la fête », sans songer que le désir de plaire, lorsque la saison est passée, ne fait que confirmer l'échec des efforts déployés, dévoile ce que l'on veut cacher et transforme la coquetterie en obscénité.

« Alors, comme ça, voilà l'oncle de Bernard ! demanda-t-elle sur un petit ton entendu, comme si ce lien de parenté, en soi, comportait quelque chose d'ambigu qui dût mettre mal à l'aise son possesseur.

— Oui, c'est exact » reconnut courageusement Monsieur Raminet, tout en se demandant ce qu'elle comptait faire de cette évidence.

« Moi, je suis la cousine de son père.
— Oui.
— Cousine issue de germain.
— Ah, c'est amusant ! »

Elle lui lança un drôle de regard, et Monsieur Raminet se sentit un peu bête, ce qui lui fit trouver la dame très antipathique.

« Vous savez comment je m'appelle ?

— Bien sûr ! bafouilla Monsieur Raminet.

— Marie.

— Oui, oui !

— La cousine Marie ! C'est moi !

— Je comprends ! »

Mais elle n'avait pas l'air satisfaite. Ses yeux se durcirent brusquement derrière ses lunettes, ses lèvres grimacèrent un rictus et elle lança d'une voix incroyablement perchée :

« Vous ne vous souvenez de rien ?

— Mon dieu, madame... » commença bêtement Monsieur Raminet, qui, éprouvant une certaine inquiétude, en avait oublié qu'il parlait à une parente.

— "Madame" ! On m'appelle "madame", maintenant ! Alors, "Marie", c'est fini ?

— Non, mais... vous m'embarrassez quelque peu, parce que...

— Et on se dit "vous" ? Ah, c'est pas possible ! » siffla-t-elle entre ses dents, tout en laissant retomber sa petite cuillère dans son assiette, au milieu des miettes du moka.

Monsieur Raminet, qui avait de nouveau mal au crâne, ôta ses lunettes et les essuya fébrilement pour s'aider à trouver une parade à cette agression. À vrai dire, il ne savait pas trop comment renouer la conversation dans les strictes limites de la courtoisie élémentaire ou, plus exactement et plus simplement, comment communiquer avec son interlocutrice sans trop de risques.

Ce fut celle-ci qui reprit d'un ton aigre-doux :

« Et moi, est-ce que je peux encore t'appeler Félix ?

— Mais... certainement ! » dit Monsieur Raminet, soulagé de pouvoir accorder quelque faveur.

« Es-tu marié ?

— Euh... non.

— Oh, ce n'est pas un reproche ! Il ne faut pas se marier à la légère, je l'ai toujours dit !

— Sans doute... » concéda Monsieur Raminet.

« Mais, maintenant que tu as pris ta retraite...

— Oui ?... émit faiblement Monsieur Raminet en songeant à part soi :

"Elle sait tout de moi, tout !"

— As-tu songé que tu pourrais te marier ? »

La question, aussi abrupte qu'indiscrète, accula Monsieur Raminet à l'absurde le plus total.

« Je me suis déjà acheté une voiture » dit-il gentiment.

La cousine Marie demeura pétrifiée, puis :

« Je ne vois vraiment pas le rapport ! glapit-elle.

— Mais… mais il n'y en a pas ! Justement, il n'y en a pas ! Ah, et puis… zut ! tenez, pardonnez ma véhémence, mais vous me faites dire des choses parfaitement incohérentes !

— Moi ! Moi, je vous fais "dire des choses" ? Vous êtes assez grand pour parler tout seul, me semble-t-il ! Surtout avec votre instruction ! Je lui fais "dire des choses" ! »

Monsieur Raminet respirait difficilement. Le flot sourd, impétueux et maléfique de la colère montait en lui. Il voulut, pour reprendre son calme, boire une gorgée de champagne. Sa main tremblait d'énervement. En approchant la coupe de ses lèvres, il renversa du liquide sur sa cravate.

Aussitôt, la cousine Marie eut la charité d'exprimer sa satisfaction au moyen d'un petit gloussement. Monsieur Raminet était parfaitement désemparé. Il n'avait guère la pratique du persiflage et la moindre forme de méchanceté lui était étrangère. Il se sentit tout à coup seul, si seul, qu'il en eût été triste sans un miracle qui se produisit. La cousine Marie, à sa droite, avait un voisin à peu près de son âge et de sa corpulence. Il était sphérique. La tête, surtout. Un court mégot maïs, fiché en permanence au milieu de sa bouche, le faisait ressembler à un ballon de football muni d'une valve jaune. Les échanges entre Monsieur Raminet et sa cousine semblaient le réjouir énormément.

Le voisin lança une plaisanterie. Par un de ces redoutables hasards, dont l'humour a le secret, elle eut le malheur de provoquer le rire des auditeurs les plus immédiats. Ceux-ci la répétèrent à leur tour, l'enflèrent en parlant plus fort, si bien que, prenant de la vitesse et de l'importance, le mince filet initial gonfla en un clin d'œil, courut de table en table, devint un torrent assourdissant : le vacarme fut bientôt infernal, toute la lignée des convives était secouée, tous les vieillards gloussaient, toussaient, hurlaient, s'étranglaient. Tous, comme s'ils en avaient stocké depuis des mois, des années, vomissaient du rire par-dessus l'épaule de leur voisin.

Cette tempête soudaine fit une heureuse diversion dans les échanges vinaigrés que Monsieur Raminet était en train de soutenir. De même que le passager d'un paquebot profite d'un tangage soudain pour couper court avec un fâcheux et quitter précipitamment la coursive, de même, Monsieur Raminet s'éclipsa rapidement sous l'œil scandalisé de la cousine Marie.

Sur les remparts

Devant le château de la duchesse Anne, Monsieur Raminet croisa un défilé. Une « musique » conduisait le cortège avec conviction et majesté. Les tambours, surtout, impressionnaient. Marchant en tête, ils respectaient un alignement si parfait qu'ils semblaient glisser ensemble sur une piste céleste afin d'accomplir un destin ignoré des badauds. Ils étaient impeccablement géométriques : leurs mains tenaient les baguettes perpendiculairement aux avant-bras qui, eux-mêmes, formaient un angle de quatre-vingt dix degrés avec leurs humérus respectifs, le tout étant pris dans un mouvement d'une verticalité si rigide qu'on aurait pu les croire immobiles, n'était-ce un léger et collectif hoquet qui, à intervalles réguliers, signalait avec grâce l'attaque d'un nouveau roulement. Leur persévérance inlassable, jointe à l'expression préoccupée de leur physionomie, conduisait à imaginer qu'ils essayaient de faire monter une mayonnaise récalcitrante.

Monsieur Raminet avait toujours aimé voir passer les fanfares. Leur côté à la fois bruyant et aimable le ravissait. Il en éprouvait un sentiment de sécurité qui renforçait son penchant naturel à aimer son prochain.

Il poursuivit son chemin, arriva à la Porte Saint-Thomas, monta le large escalier et entama un tour de remparts. Parvenu à la « Hollande », gros terre-plein face à Dinard, il s'assit sur un banc de pierre.

Il avait sous les yeux ce qu'on appelle touristiquement un panorama. C'est-à-dire qu'il y avait trop à regarder d'un coup. D'ordinaire, cela l'énervait et lui causait une sensation pénible de demi-échec, comme si la confrontation entre ses facultés perceptives et la richesse du réel devait toujours tourner à l'avantage de celui-ci. Mais, cet après-midi-là, il se sentait dans une telle harmonie avec le monde qu'il en laissa venir à lui les tableaux variés, dans un rythme voluptueux et dans une succession sans à-coups. Il y avait un petit bateau qui revenait de la pêche en toussotant, la rengaine des mouettes qui traçaient des cercles désordonnés à contre-jour, le jeu de cache-cache de la lumière avec les nuages, les odeurs alternées du sel et des fleurs sur les traînes du vent, les découpes sombres du Grand Bé, du Petit Bé, de tous les autres îlots, sur fond de mer et de sable, la surabondance tranquille d'un morceau d'espace à un moment donné. Il eut alors la certitude que rien de tout cela, pas même lui en train de s'en nourrir, ne pouvait revendiquer le moindre passé, la plus insignifiante histoire. Il se dit que toutes ses études, toutes ses années consacrées au droit le ramenaient, lui, membre de cet ensemble fugitif, à cette énigme lancinante: « Qu'est-ce qu'exister? » Toutefois, il constata que, depuis quelque temps, cette question s'était un peu calmée. Elle n'arrivait plus à l'improviste, comme ces effrontées qui croient toujours qu'il est urgent de s'occuper d'elles. Non, elle était maintenant plus... petite. Plus aimable. C'était presque devenu une question agréable. Une fausse question. Alors il décida de se contenter de regarder ce qu'il avait devant lui. « Voici la mer, se dit-il; encore, et soudaine. Toujours au loin. Brune, verte, grise, rose sale. Non. Sans couleurs. Tellement là, au loin, ici, que sans présence. Elle devient, dès que sue, tout ce qui existe. Et alors? Et toi, là-dedans? »

Quelques mouettes surgirent et se mirent à ricaner dans l'air, à quelques mètres de lui. Leurs becs claquaient sèchement. On aurait dit des morceaux de bois qui essayaient de faire de la musique de chambre. Monsieur Raminet opposa à cette exhibition une indifférence songeuse. Sa rêverie l'avait figé et son œil était devenu aussi inexpressif que celui des intempestifs volatiles.

C'est alors qu'il fut rejoint sur le banc par un colosse hirsute qui traînait dans ses guenilles un savant cocktail de pestilences. Il avait commencé, sans doute depuis longtemps, un monologue en forme d'iceberg: la majeure partie restait immergée dans son for intérieur, et seules étaient perceptibles quelques expressions vigoureuses, telles que « chier de merde » ou « enculés de merde », qui devaient résumer un désespoir aussi tenace qu'une grippe dont on ne guérit pas.

L'installation sur le banc de ce somptueux clochard se fit au détriment d'une bonne partie de l'espace dont jouissait Monsieur Raminet. Celui entendait cependant tenir sa position.

Son voisin continuait de marmonner et s'obstinait à sentir mauvais. Monsieur Raminet se décida à agir. Il guetta un intervalle entre deux « chier » et « merde » et plaça:

« Excusez-moi: ça ne va pas? »

L'autre tourna lentement la tête, grimaça de toutes ses rides, de tous ses poils, de pas toutes ses dents et jeta:

« Hein?

— Je vous demande si quelque chose ne va pas.

— Ben, j'te crois! Regarde ça! »

Il écarta légèrement les doigts de la main droite:

« Un mégot tout neuf! Foutu!

— Il est cassé? demanda Monsieur Raminet en se penchant charitablement vers un minuscule cadavre blanc, éventré, que l'autre tenait dans le creux de sa paume.

— Il est foutu, ouais!

— Comment est-ce arrivé? demanda encore Monsieur Raminet, qui sentait monter en lui une soudaine compassion.

— C'est les connards d'Engliches! Il font comme si qu'y-z'étaient chez eux! Alors, ils t'bousculent et pfuitt...

— Oui, je comprends!

— T'as pas une pipe?

— Comment?

— Une petite pipe! T'en as bien une, merde!

— Écoutez, je crains de ne pas comprendre.

— Dis donc, t'es un bon, toi! Est-ce que, s'il te plaît, monsieur, t'aurais pas une ci-ga-rette?

— Ah!

— Ah ben dis donc!

— Mon pauvre ami, je regrette de ne pas pouvoir vous être agréable, mais je ne fume pas et, par voie de conséquence, je n'ai pas de cigarettes.

— Ah, merde!

— Mais... si vous voulez bien me permettre... faites-moi l'amitié d'accepter ceci... pour en acheter. »

Monsieur Raminet lui tendit un billet de cinquante francs en lui faisant son sourire de bébé le plus engageant. Le clochard regarda le billet, regarda Monsieur Raminet, regarda à nouveau le billet, le prit, regarda à nouveau Monsieur Raminet et dit :

« T'es riche ?

— Pas au point de mériter que vous m'égorgiez !

— Pourquoi tu me donnes cinquante balles ?

— Pour me faire pardonner ma carence en cigarettes !

— Dis donc, tu parles toujours comme ça ?

— Comment ça ?

— Avec des tas de phrases !

— Comment voulez-vous parler autrement ?

— T'es spécial, papa !

— Vous aussi !

— Et tu donnes toujours cinquante balles quand on te demande une pipe ?

— Non, certes !

— Alors pourquoi t'as fait ça ?

— Je vous l'ai dit : par amitié, pour vous remercier d'être venu me tenir compagnie sur ce banc.

— Faut pas croire que t'auras le dernier mot avec moi, hein !

— Mais je ne cherche pas à avoir le dernier mot!
— Ça va!
— Voulez-vous me permettre de me présenter: je m'appelle Félix Raminet.
— Eh ben dis donc!
— Et vous même?
— La Chique. Ça te la coupe, hein? Ha! Ha!
— C'est un sobriquet, sans doute?
— Ça veut dire?...
— Vous avez sûrement un état civil. Un nom et un prénom.
— Ça te regarde pas. C'est pas parce que tu m'as donné cinquante balles!
— Ce que vous dites là est... affreux, méprisable! » lança Monsieur Raminet en foudroyant son interlocuteur de son regard le plus bleu.
« De quoi?
— Pour qui me prenez-vous donc? Pour un délateur, un espion? Moi, je vous ai dit qui j'étais, avec bonne grâce et simplicité. Vous, en retour, au lieu de vous présenter aussi naturellement, vous faites montre d'une défiance attristante qui vous conduit à des embarras inutiles. J'ajouterai que votre agressivité est totalement injustifiée et...
— Ho! Ho! C'est fini?
— Non, ce n'est pas fini! Sachez...
— Seconde! Pourquoi que tu veux savoir mon nom?

— Parce que je vous ai dit le mien, et que, pour nouer une amitié, il faut que les choses soient réciproques. »

Ayant dit, le souffle court, Monsieur Raminet essuya ses lunettes avec sa pochette. L'autre le dévisagea un long moment, l'air mauvais, et, choisissant sa grimace la plus terrible, gronda:

« Si je te dis mon nom, tu me donnes encore combien?

— Monsieur, votre question est tellement méprisable qu'elle ne mérite aucune réponse. »

Et Monsieur Raminet, détournant la tête, s'appliqua à observer le vol des mouettes, la course des nuages, le moutonnement de la mer, toutes choses propres à nourrir l'âme d'une pure jouissance consolatrice. Quelques minutes passèrent. Alors, Monsieur Raminet entendit une voix presque basse dire à côté de lui:

« T'as quand même pas l'air d'un flic!

— Que... qu'est-ce qui vous fait dire ça? demanda Monsieur Raminet, les yeux écarquillés.

— Tu me reconnais pas, hein? Faut dire que t'étais bizarre!

— Nous serions-nous déjà rencontrés?

— L'autre soir, quand t'étais avec la petite demoiselle. Tu t'es mis à gueuler comme un putois quand je lui ai piqué son sac!

— Quoi! C'était vous!

— Ben ouais, tu vois !

— Mais... pourquoi, pourquoi avez-vous fait ça ?

— Pour croûter, tiens ! Qu'est-ce tu crois ! »

Monsieur Raminet se prit la tête à deux mains. L'autre continua :

« Tu m'as bien dit que t'étais de la police ?

— Oui.

— C'est pas vrai, hein ?

— Non.

— Et moi, comme une pomme, je me suis fait baiser !

— Oui.

— Alors t'es pas de la police et t'as pas non plus prévenu les flics ?

— Non.

— "Oui", "non", "oui", "non" ! Dis-donc, t'as perdu ta langue ?

— Je suis... troublé. Troublé par ce que vous venez de me dire. Mais réjoui, aussi. Car je viens de comprendre que c'est pour cela que vous n'avez pas voulu me révéler votre nom. »

Il se fit un silence curieux. Chacun regardait droit devant lui et semblait incertain de la conduite à tenir vis-à-vis de l'autre. Monsieur Raminet allait se décider à reprendre la parole quand il entendit un vague grognement. Il jeta un coup d'œil timide vers son compagnon : il fixait ses pieds d'un air boudeur, un air qui mettait sur son visage, derrière l'épaisse broussaille où apparaissaient déjà quelques poils blancs, l'écho d'une lointaine enfance. Il y eut un autre grognement, puis la bouche articula péniblement :

« J'm'appelle Corentin Delalande. »

Monsieur Raminet se sentit soudain remué.

« C'était le nom de ma mère.

— Magnifique ! »

Ils se turent tous les deux, sur leur banc, en attendant le soir.

Loïc de Trémigon

Il s'était endormi sur une chaise longue, au fond du jardin. Un livre avait glissé de ses mains pour aller se poser sur l'herbe. Le nez contre une pâquerette, un chat tigré, en position de sphinx, les yeux mi-clos et les oreilles droites, semblait veiller sur son repos. Autour de lui, des hortensias ne s'étaient pas encore décidés entre le bleu et le rose, un érable immobilisait ses feuilles, une pivoine appuyait sa joue contre le granit du mur. Un chapeau cabossé, d'une couleur qui semblait changer avec le jour, cachait ses yeux ; les rayons du soleil se faisaient tendres ; la mer, au loin, presque invisible, retenait son murmure.

Monsieur Raminet s'était arrêté à quelques pas de son vieil ami.

« Trémigon, pensa-t-il, Trémigon ! Est-ce donc bien lui ? » La situation menaçait de s'éterniser.

Heureusement, le chat décida de faire les présentations. Il bâilla, se leva, s'étira en deux temps – d'abord, les pattes avant écrasées sur le gazon et l'arrière-train démesurément relevé, puis la tête pointée, le cou raide et les pattes arrière tendues à l'excès comme s'il voulait s'en débarrasser. Il regarda sévèrement Monsieur Raminet, rebâilla et, d'une souple détente, bondit sur les jambes du dormeur où il se mit immédiatement à pianoter avec entrain. Sentant les griffes entrer dans sa chair à travers le drap du pantalon, l'agressé grogna doucement sans bouger, le chapeau toujours sur les yeux. Seules ses mains remontèrent pour trouver la fourrure du chat et lui gratouiller l'épine dorsale.

« Qu'est-ce que tu veux ? Tu fais mal ! Tu trouves que j'ai assez dormi ? »

Il releva son chapeau, se redressa à demi, bailla à son tour et alors seulement se rendit compte de la présence de Monsieur Raminet. La surprise le fit sursauter.

« Qui êtes-vous ? Qu'est-ce que vous faites là ? »

Sa peur fit peur à Monsieur Raminet qui, de plus, était très ému. Il essaya de n'en rien laisser paraître :

« Vous venez, cher monsieur, de poser deux questions auxquelles je vais répondre dans l'ordre : je m'appelle Félix Raminet et je suis venu vous dire bonjour. »

Le destinataire de ces propos se figea instantanément sous l'effet de la plus grande stupéfaction. Puis, il entreprit de s'extirper de la chaise longue tandis que le chat disparut derrière un massif. Une fois debout, il redressa un peu son chapeau, avança de deux pas vers son visiteur, se campa sur ses jambes et le toisa sans dire un mot. C'était un homme haut et large, auquel l'âge n'avait donné qu'un léger embonpoint. Il avait le teint cuivré de ceux qui passent leur existence au grand air. Ses yeux étaient verts et, pour l'heure, remplis de la plus grande perplexité. Monsieur Raminet soutint ce regard sans broncher, et même en souriant. Au bout d'un moment, il dit avec une audace malicieuse:

« Trémigon, arrêtez de regarder par la fenêtre ! »

Alors, les yeux de l'autre s'agrandirent.

« Raminet ! C'est donc bien toi !

— Eh oui !

— Mais qu'est-ce que tu fous là ? Qu'est-ce que tu fous là ?

— Je te l'ai dit : je viens te dire bonjour. Ça ne te fait pas plaisir ?

— Arrête tes conneries ! Tiens, je t'embrasse ! »

Ce disant, il le broya littéralement contre sa poitrine en lui écrasant les lunettes.

Monsieur Raminet nageait dans le bonheur. Son vieil ami le tint à bout de bras pour mieux le considérer:

« Tu es toujours rond comme un bébé ! Tu n'as pas changé !

— Toi non plus, Loïc !

— Menteur ! J'ai pris des rides et du bide ! Mais qu'est-ce que tu fous là ?

— Je suis venu rendre visite au célèbre navigateur !

— Quel mauvais con ! Tiens, viens ! On va rentrer s'en jeter un !

— Loïc…

— Mon canard ? »

Ça y est ! Il venait de l'appeler à nouveau « mon canard » ! Au bout de quarante ans, ça lui était donc revenu ! Trémigon avait toujours été le seul à ne pas l'appeler Pussy, mais il n'eût pas toléré que quelqu'un d'autre l'appelât « mon canard » devant lui. Leur amitié était née d'un coup, mystérieusement, au lycée, dès le premier jour de classe. Monsieur Raminet lui devait sans doute de n'avoir pas connu l'enfer des souffre-douleur auquel son physique et sa candeur précoce le prédestinaient. Trémigon, au contraire, avait déjà la force et la prestance qui sont le lot des aristocrates indécrottables : il boxait ses camarades en styliste et accueillait les mauvaises notes avec grâce.

Tout les séparait. Tout les rapprocha. Trémigon avait été son seul ami véritable. Si bien que, lorsqu'il avait appris un jour son départ, en pleine nuit, pour « le large », il avait ressenti un pincement au cœur qui n'avait jamais totalement disparu. Il y avait quarante ans... Trémigon avait sillonné sur son bateau toutes les mers du globe. Il était devenu une sorte de prince en qui l'époque contemporaine trouvait du charme à ne pas se reconnaître. Monsieur Raminet, lui, était toujours aussi facilement gêné pour un rien :

« Je voulais te dire... que je suis accompagné.

— Par l'homme invisible ? demanda Trémigon en faisant semblant de chercher quelqu'un derrière lui.

— Non, par une jeune fille. Elle est restée dans ma voiture.

— Tu as une voiture ?

— Parfaitement.

— Et tu conduis ta voiture ?

— Assurément.

— Et tu mets dedans... comment tu m'as dit? une "jeune fille" ?

— Exactement.

— Et quand tu vas voir quelqu'un, tu la laisses dans ta voiture ! Mais tu es parfait, mon canard ! Parfait !

— Écoute, c'est elle qui...

— Mais tais-toi donc ! Je vais la chercher, **ta** gamine ! »

Il remonta le jardin à grands pas, suivi par Monsieur Raminet. Parvenu à la voiture, il ôta son chapeau, ouvrit la portière en déclarant d'une voix forte:

« Qui que vous soyez, vous pouvez sortir, je ne mords pas ! »

Jane le considéra une seconde avant de se déplier gracieusement hors de l'automobile, tandis que Monsieur Raminet se précipitait:

« Jane, je vous présente Loïc de Trémigon, gentilhomme breton.

Loïc, je te présente...

— Eh bien, mon canard, je ne savais pas que tu savais lever d'aussi jolies pièces ! s'exclama Loïc, dont les yeux ne quittaient pas Jane.

— Comment?... Ah, non ! Laisse-moi t'expliquer...

— Mademoiselle, je vous félicite. D'abord, d'être comme vous êtes, et ensuite, de rendre heureux mon canard au point qu'il veuille vous séquestrer dans sa limousine. »

Sur ce, Loïc de Trémigon s'inclina pour acheminer la main de Jane jusqu'à ses lèvres, et Jane, avec un sourire resplendissant, demanda:

« C'est Pussy que tu appelles "mon canard" ?

— C'est mon canard que vous appelez "Pussy" ? gronda l'autre.

Jane éclata de rire. Loïc aussi. Monsieur Raminet était un peu pris de court. Les choses n'allaient pas exactement comme il l'avait imaginé. Un peu trop vite, peut-être... qu'importe ! Ils entrèrent tous les trois dans la maison et se retrouvèrent bientôt un whisky à la main, au fond de vieux fauteuils dont le cuir était ciselé de multiples griffures.

Ils commencèrent par se regarder pendant quelques instants. Ils n'avaient, a priori, rien à se dire. C'est peut-être pour cette raison qu'aucun d'eux ne se précipita. Monsieur Raminet toussa légèrement après avoir avalé une gorgée de whisky. Il se servit de sa toux comme d'un préambule et déclara, avec une solennité involontaire :

« Loïc, il faut que je t'explique la raison et de ma présence ici et de la présence de Jane à mes côtés.

— Surtout pas, mon canard ! Tu me servirais une histoire à dormir debout pour justifier quelque chose dont je me fous complètement. Quant à vous, dame Jane, je consens à entendre d'où vous venez.

— Je fais le tour du monde.

— Ah ! en aéronef ?

— Oui, monsieur ! et aussi en stop !

— Nous y voilà ! Vous savez que mon canard embarque toutes les auto-stoppeuses au nord de la Loire ?

— Je voudrais vous poser une question bête.

— Tant pis pour vous.

— Vous n'avez jamais peur, en mer ?

— J'ai tout le temps peur.

— Et vous partez quand même ?

— Oui. Parce que, à terre, j'ai peur aussi. La différence, c'est qu'en mer, je sais de quoi j'ai peur. Y en a qui disent que la mer est sournoise, ce n'est pas vrai. Quand elle veut essayer de vous tuer, elle vous le fait savoir. À terre, c'est plein de choses partout qui se taisent. Autour de vous, ça reste planté, sans bouger. Et alors, votre serviteur, au milieu de tout ça, il est mort de trouille. »

À ce moment, le chat fit son entrée dans le salon. Il s'immobilisa pour fixer les deux visiteurs, puis, comme un éclair, bondit sur le dossier du fauteuil de Loïc et s'allongea contre sa nuque. Il fit semblant deux fois de fermer les yeux, puis choisit de toiser Monsieur Raminet, comme s'il attendait qu'il vînt solliciter quelque audience. Peut-être pour se dégager de l'emprise de ce regard, Monsieur Raminet usa de la seule arme dont disposent les humains en pareille circonstance : il parla.

« Comme il est beau !

— Je voudrais bien avoir les yeux comme ça ! ajouta Jane.

— Ne vous plaignez quand même pas trop des vôtres ! » répondit Loïc, et il ajouta :

« Vous voyez, les chats et les marins ont deux points communs : il ne parlent pas beaucoup et ils vont mourir dans leur coin, quand le moment est venu.

— C'est ce que tu envisages ? demanda Monsieur Raminet d'une voix altérée.

— C'est ce que j'ai décidé, mon canard ! "La" Course, la dernière course, celle pour laquelle on embarque sans avoir besoin de vérifier les vivres ! Idéal, non ?

— Tu songes sérieusement à cela ? C'est exactement un suicide !

— Tu trouves ? Non, je ne crois pas. D'abord, parce qu'on ne sait pas comment ça se passera, ce que les vents décideront, combien de temps... Non, je dirai plutôt: un non-retour, un éloignement têtu.

— Si je comprends, dit Jane d'une voix vibrante, vous voulez mourir !

— Ça va revenir à ça, oui !

— Et pourquoi, s'il vous plaît ? Parce que vous avez tout ? Le fric, le physique, le cerveau, et qu'il y a des autres, beaucoup, qui n'ont rien, et pourtant ils continuent, ils se battent, ils se battent pour... pour...

— En général pour eux-mêmes.

— Non, pas pour eux ! Pour les autres !

— Mettons pour « un » autre, au maximum. C'est pour ça qu'ils veulent se maintenir en vie.

— Okay ! Et alors ? Un seul, ça suffit pour qu'on se batte, non ? »

Loïc de Trémigon eut un pâle sourire.

À ce moment, Monsieur Raminet, qui était resté silencieux, en proie à une inquiétude croissante, se décida à intervenir pour poser la question qui lui brûlait les lèvres:

« Précisément, Loïc, n'as-tu pas... quelqu'un?
— J'ai eu. »

Le silence fut aussitôt épais, palpable. Monsieur Raminet avait baissé les yeux. Loïc fixait son reste de scotch. Le chat regardait Jane d'un air de reproche.

« Et depuis... tu n'as pas...? tâtonna Monsieur Raminet.

— Oh, si! J'ai connu d'autres femmes et ça s'est passé comme pour tout le monde: j'en ai levé plus d'une, j'en ai descendu quelques-unes et j'ai été heureux très rarement.

— Tu poursuivais l'image...

— Je ne poursuivais rien du tout! J'ai essayé de mettre quelque chose dans ma vie, je n'ai pas réussi, c'est tout!

— Mais il faut donner d'abord! s'écria Jane; il faut trouver le moyen de donner. Cela est aimer. »

Loïc la considéra avec beaucoup de sérieux:

« Vous avez déjà donné, vous?

— Oui. Non. J'ai cru que oui. Mais j'attends encore la personne à qui je voudrai donner. Donner tout.

— Bien dit ma poulette ! Il faut placer la barre très haut, c'est le seul moyen de faire un jour une vraie rencontre.

— Ma poulette ? s'inquiéta Jane.

— C'est affectueux ! » répondit très vite Monsieur Raminet qui, depuis un moment, était un peu dépassé par la conversation.

« C'est vrai, c'est affectueux ! » reprit Loïc ; il ajouta, après un petit temps :

« Tenez, prenez modèle sur mon canard : on croit qu'il est tout seul, qu'il vit comme une vieille bête, dans son coin, eh bien pas du tout ! Il a passé sa vie à "donner", comme vous dites, et il continue, et tout le monde l'aime ! Vous la première.

— Qu'est-ce que tu racontes, Loïc ? dit Monsieur Raminet ; et d'abord qu'en sais-tu ?

— Mais tu étais comme ça à dix ans, à quinze ans, à dix-huit ans, et je te vois maintenant complètement le même ! Des cheveux en moins, des kilos en plus, mais le même ! Tu es en bronze, mon canard ! Tu es un bébé en bronze ! Et on aime les bébés !

— Loïc, tout cela n'a pas grand sens...

— "Bronze", c'est les statues ? s'enquit Jane.

— *Absolutely, Miss !* Si on mettait mon canard tout nu sur un socle, on lui dirait de lever une jambe et de ne plus bouger, et on aurait une statue de bébé !

— Loïc, voyons, tu dis des insanités ! »

Mais la voix de Monsieur Raminet fut couverte par le rire de Jane. Un rire plein de vie, de force, sans aucune raillerie. Un miracle de rire : pur, musical, inspiré. Il fit passer dans les yeux de Loïc un grand voile de mélancolie. Il ne fit pas bouger un seul poil des moustaches du chat dont les yeux demeurèrent deux petits fentes closes.

Puis Jane explosa :

« Elle est morte et tu as eu mal, c'est ça ? Tu as mal encore ? C'est pour ça, tu crois, que tu vas aller mourir ? Tu crois que c'est bien ? C'est idiot !

— Le rire vous allait mieux. Attendez de vieillir pour vous mettre en colère.

— Réponds ! Est-ce que tu veux mourir ?

— Je ne vous souhaite qu'une chose : réussir toute votre vie à supporter tous vos souvenirs.

— Qu'est-ce qu'il dit, Pussy ?

— Rien. Il vous souhaite d'être heureuse.

— C'est l'humour français ?

— Pas du tout, il veut seulement...

— Mais je m'en fous ! Je m'en fous ! Il faut répondre aux questions !

— Alors, il faut les reposer » dit Loïc en se levant. Il ajouta aimablement :

« Allons dîner, voulez-vous ? »

La planche à voile

Lorsqu'il apparut sur la plage, dans une tenue où la nudité était largement majoritaire, Monsieur Raminet fit comme tous ceux qui n'ont que très rarement l'occasion d'être confrontés directement avec leur corps: il chercha quoi faire de ses bras et de ses jambes. Après quelques mouvements aux tracés incertains, ses mains échouèrent sur ses hanches tandis que ses jambes s'étaient légèrement écartées. Tel une blanche vigie plantée dans le sable, le jarret tendu et le sourcil froncé, Monsieur Raminet se mit en devoir d'inspecter la mer, les roches, l'horizon. Son maillot de bain, du type « boxer short », lui avait été imposé par une vendeuse à lunettes qui l'avait toisé d'un air soupçonneux quand il avait déclaré vouloir acquérir ce genre d'article. Elle lui avait signifié sans ménagement: « Vous, il vous faut un bon "6" dans quelque chose qui taille grand ! » Que répondre à cela ? Il se retrouvait donc, dans quelque chose « qui taillait » effectivement très grand, d'un bleu incertain, et que le vent faisait claquer sur ses cuisses. D'un autre côté, ses mollets étaient si blancs qu'on aurait dit qu'il portait des caleçons longs. Derrière lui, un vieux tronc craquelé émergeait à moitié du sable. Il était coudé, largement fendu dans le sens de la longueur et doté à l'avant d'une verrue bourgeonnante. Il ressemblait à un crocodile hilare. Quelques mètres plus loin, une petite famille avait installé son bivouac pour l'après-midi. La jeune et robuste maman questionnait sa fille :

« Pourquoi qu't'emmènes ta serviette ? T'en as pas besoin pour aller dans l'eau ! Hein ? T'entends ? Pourquoi qu'tu l'emmènes, ta serviette ?

— Parce que c'est joli ! » répliqua la minuscule naïade en s'échappant vers l'océan.

Jane approcha en souriant :

« Tu vas avoir froid, Pussy !

— Pas du tout ! »

Où l'amour-propre ne va-t-il pas se nicher ? Bien sûr qu'il avait froid ! Et quand il compara le bronzage cuivré de Jane et de ses amis à la tristesse blafarde de sa peau, il se sentit gelé. « Ce petit vent revigore ! » fanfaronna-t-il pour s'endurcir contre les éléments et, sans doute aussi, pour masquer son trouble. Son trouble provenait de la tenue de Jane. Si les deux garçons étaient vêtus des pieds à la tête de combinaisons noires et caoutchouteuses, Jane, elle, avait cru bon de ne mettre que « le haut », c'est-à-dire un petit blouson qui lui arrivait au-dessus de nombril, confiant tout le reste de sa personne aux bons soins d'un minuscule slip rose d'où s'échappaient à chaque pas ses fesses dorées, lisses, resplendissantes. Monsieur Raminet avait peine non seulement à garder son sang-froid mais aussi à accepter en toute conscience la réalité de la situation. Il avait peine, depuis qu'il était parti de Paris, à se persuader que tout ce qui lui arrivait n'était pas un rêve, mais des événements que nous prodiguent ce que nous appelons, faute de les maîtriser, les hasards de l'existence.

Il éprouvait un léger vertige. Il se trouvait, presque septuagénaire, en compagnie de jeunes gens à peine sortis de l'adolescence, dans un lieu qu'il n'avait quasiment jamais fréquenté alors qu'ils y évoluaient comme dans un milieu naturel; dans une tenue, peut-être conforme à son tour de taille, mais dans laquelle il n'était pourtant pas vraiment à l'aise; dans l'attente d'un exercice sportif auquel il avait crânement accepté de participer; enfin, il découvrait une évidence: le bronzage est un vêtement. Un vêtement qu'il n'avait pas sur lui, qu'il n'avait jamais porté. Aussi, en dépit de cette grande chose bleue qui battait autour de ses reins comme un vieux drapeau, se sentit-il tout nu.

Bien sûr, il n'était pas loin d'être ridicule. Il le savait. Il n'hésitait pas à se juger même déplacé. D'abord, sa peau avait manifestement peur du jour. Et puis, il aurait dû décliner l'invitation, refuser de se prêter à ce jeu, à ce mélange des genres et des générations, il aurait dû prétexter un empêchement; il aurait dû... être raisonnable! Mais le moyen de résister à Jane? Dès qu'elle esquissait le moindre sourire, cela faisait éclore ses yeux. Son visage s'inondait de lumière, une lumière venue de nulle part sinon de ce visage même qui recelait une source radieuse. Elle gommait d'avance toutes les mauvaises raisons qu'on aurait voulu lui opposer. Être en sa compagnie revenait à savourer de permanentes délices. Un léger ennui, cependant : ses amis semblaient tous dotés des mêmes perfections apparentes. C'était un peu accablant. Bruno Frachon, par exemple : il était naturellement svelte, harmonieusement musclé, considérablement beau. En outre, Jane le trouvait intelligent... Cela plongeait Monsieur Raminet dans une perplexité qui frisait la mélancolie.

« Évidemment, il est jeune! » se dit-il. Mais il songea aussitôt que, quand il avait été jeune, il n'avait jamais été... comme ça. « C'est parce qu'on ne nous faisait pas faire du sport! » se dit-il encore. Mais il songea aussitôt que, les rares fois où il aurait pu s'y adonner, il s'était toujours dérobé devant l'exercice physique à cause de sa gaucherie qui lui avait valu, au lycée, une douloureuse célébrité.

« Vous ne voulez pas essayer, Monsieur Raminet? » lui demanda soudain Bruno. Totalement interloqué, il considéra l'impertinent jeune homme. Il avait posé cette question d'une voix posée et un sourire chaleureux découvrait ses dents étincelantes. (« Étincelantes », évidemment!) Nulle moquerie, nulle malveillance dans son regard bleu acier (« Bleu acier », forcément!) Cette invitation pouvait donc être purement amicale?

« Vous me proposez de... monter là-dessus?

— Oui! Vous allez voir, c'est super!

— Vous... vous ne parlez pas sérieusement!

— Pourquoi?

— Mais enfin, regardez-moi! J'ai plus de soixante-cinq ans et je n'ai jamais...

— Et alors? Ce n'est pas une question de force. C'est un truc à prendre, c'est tout!

— Un truc?

— Oui ! Et puis, aujourd'hui, c'est le temps idéal pour apprendre : l'eau est presque tranquille et il y a un petit vent de mer.

— Ah, oui ? Et alors ?

— Ça veut dire qu'il souffle de la mer vers ici. Donc, vous ne courez aucun risque : de toutes façons, il vous ramène à la plage. »

Ces derniers mots eurent un effet proprement magique sur Monsieur Raminet. Il fut soudain en proie aux sentiments les plus désordonnés : une folle audace se mêlait à la vieille peur instinctive. Il se dandina un instant d'un pied sur l'autre avant de chuchoter :

« Vous êtes sûr que le vent me ramènerait de toutes façons vers la plage ?

— C'est mathématique !

— Oh, ça... ! »

Jane vint les rejoindre :

« On y va, Bruno ?

— Jane, tu sais pas la nouvelle ? C'est ton ami qui va monter sur ma planche !

— Permettez ! Je n'ai pas encore...

— Pussy ! C'est génial ! »

Quelques instants plus tard, les quelques désœuvrés qui tentaient de venir à bout de l'après-midi en se promenant sur la digue purent assister à un spectacle de toute beauté. Il y avait, sur les ondes, un troupeau désordonné de triangles multicolores. À les voir évoluer, on eût dit que le vent soufflait dans toutes les directions à la fois. Un Zodiac gris tenait avec conviction son rôle de chien de berger en faisant vrombir son moteur pour aller ça et là rattraper les égarés et les remettre dans le bon chemin marin. Un peu à l'écart, un petit vieillard tout rond, blanc comme un filet de merlan, s'obstinait à vouloir monter sur un long et étroit morceau de bois. Quand il y était parvenu, les jambes tremblantes et les fesses en arrière, il tirait aussitôt comme un forcené sur une ficelle pour faire sortir de l'eau une voile aux dimensions monstrueuses, rouge et mauve, qui, à peine dressée, ne semblait avoir d'autre raison d'être que de tourner sur elle-même et de retomber immédiatement du côté opposé dans un grand plouf navrant, entraînant immanquablement dans sa chute celui qui avait prétendu l'ériger. Alors, tout recommençait. L'intrépide individu était encouragé dans son combat par un dévoué jeune homme, immergé jusqu'au torse et qui, les mains en porte-voix, prodiguait les plus judicieux conseils : « Rentrez les fesses ! Main droite sur la corde ! La gauche sur le wish ! Face au mât ! Face au... oui ! C'est ça ! Ouais ! C'est parti ! »

Effectivement, « c'était parti ». Sans qu'on puisse dire exactement pourquoi, la planche, la voile, le mât, le wish, Monsieur Raminet, tout cela glissa sur les ondes pendant au moins vingt mètres. Monsieur Raminet, stupéfait de ce qui arrivait, haletant, ruisselant, les lunettes de travers, entendait la grande voile claquer dans le vent et la planche taper dans les vagues. Il avait l'impression de filer à une vitesse folle et, raide comme la justice, les mains crispées sur le wishbone, il ne cessait de se répéter : « Les fesses rentrées ! Les fesses rentrées ! »

L'observance de cette recommandation fondamentale lui permit de tenir encore quelques secondes. Puis, le bel édifice se défit : la voile tomba lourdement sur la tête de Monsieur Raminet qui, ainsi coiffé, tomba plus lourdement encore dans l'élément liquide qu'il commençait à bien connaître.

L'eau était froide. Il n'avait pas pied. Son crâne frottait contre le lourd plastique de la voile. Le mât couché lui coinçait le bras gauche contre la planche. Ajoutez à cela qu'un sombre rugissement commençait à se faire entendre. Lorsqu'il réussit enfin à se sortir la tête de l'emprise de la voile, Monsieur Raminet se trouva nez à nez avec le gros Zodiac gris muni à la poupe d'un moteur noir. À son bord, un pilote, porteur d'un T-shirt sur lequel on pouvait lire ces mots : *Police nationale*, scrutait le naufragé avec quelque sévérité. Monsieur Raminet était épuisé. Le souffle court, il sut cependant garder le sens de la plus exquise urbanité :

« Qui... qui que vous soyez, cher... cher monsieur, vous êtes le... le bienvenu !

— Vous pouvez vous en tirer tout seul ? s'enquit l'autre laconiquement.

— Eh bien, pour dire les choses franchement, une aide quelconque... ne serait pas inutile !

— Quand on débute, on ne va pas si loin !

— Oh... croyez bien que... telle n'était pas mon intention !

— Vous êtes avec les jeunes, là-bas ?

— Si l'on peut dire... oui.

— Et ils ne vous ont pas dit de mettre un gilet de sauvetage ? C'est obligatoire !

— Euh... sans doute me l'ont-ils dit, et ma distraction aura fait que... j'ai réellement froid, savez-vous ?

— D'accord ! Montez ! »

En un tour de main, ce sévère sauveteur agrippa Monsieur Raminet par le fond de son boxer-short, le tira de l'eau, le fit rouler au fond du Zodiac, attacha la planche à dieu sait quel endroit, fit encore rugir son moteur et ramena le tout jusqu'au rivage.

Là, Jane, Bruno et les autres les accueillirent avec des ovations, destinées à la fois au représentant nautique de la loi pour son efficacité et au courageux planchiste dont la première tentative avait révélé le talent et l'audace. Une certaine confusion s'instaura. Le maître du Zodiac tentait de calmer l'enthousiasme général en faisant reproche au petit groupe d'avoir laissé partir leur « grand-père » sans gilet. Ledit « grand-père », tout en subissant une énergique friction de la part de Jane, prétendait s'insurger contre cette version des faits, mais ses claquements de dents ne lui permettaient que de bredouiller d'inaudibles « Permettez... » ou autres « Pas du tout... » couverts par les cris d'allégresse de ses nouveaux admirateurs. À la fin, Bruno eut une idée pour ramener le calme. S'adressant d'un air pénétré à l'héroïque sauveteur :

« Je m'appelle Bruno Frachon, dit-il ; vous venez de sauver un des plus grands juristes français qui, en plus, est un des meilleurs amis de mon père. Je vous remercie beaucoup de sa part !

— Pas de problème ! C'est normal ! » répondit l'autre, dont la modestie colora les joues d'une roseur de jeune fille ; il ajouta, comme pour demander la permission :

« Je vous le laisse, alors ? Je peux m'en aller ?

— Absolument ! confirma Bruno, et encore merci ! »

Le policier esquissa un petit geste, bondit dans le Zodiac et, dans un grondement joyeux, repartit vers son obscur et noble destin de saint-bernard des mers.

« Qu'avez-vous dit là, Bruno ? dit sévèrement Monsieur Raminet, encore grelottant.

— Quoi donc ?

— Je ne suis ni célèbre, ni ami de votre père qui ignore jusqu'à mon existence !

—Jusqu'à ce soir, monsieur ! Jusqu'à ce soir ! »

Une soirée chez les Frachon

La maison des Frachon commençait par un vaste parking. Il était environ vingt heures lorsque Monsieur Raminet intercala sa voiture parmi d'opulentes limousines et autres coupés de sport qui semblaient réfréner une sourde agressivité. Bruno, surgi de nulle part, vint ouvrir la porte à Jane tandis que Monsieur Raminet réussissait à se libérer de l'étreinte de sa ceinture de sécurité. Bruno l'accueillit avec cet empressement excessif qu'on marque aux vieux parents qu'on voit rarement :

« Bonsoir ! Comment allez-vous ? C'est chouette que vous soyez là ! Mais… euh… j'aurais dû vous le dire : il ne fallait pas vous habiller ! C'est de ma faute !

— Je lui ai dit aussi, articula Jane à mi-voix, mais il a voulu !

— Vraiment, je ne vois rien d'extraordinaire à être un peu soigné quand on est invité à une soirée ! » répliqua Monsieur Raminet d'un ton pincé.

Il avait une veste à carreaux, une chemise à rayures, une cravate à losanges, un pantalon qui avait dû avoir un pli, des chaussures qui étaient peut-être en daim, l'ensemble dans les marron-beige-bordeaux, ce qui n'allégeait pas beaucoup sa silhouette.

« C'est très bien comme ça ! déclara Bruno avec force ; venez !

— Une minute ! » dit Monsieur Raminet, qui alla retirer du coffre cinq roses rouges artistement arrangées en paquet-cadeau.

Ils empruntèrent pendant une centaine de mètres une allée bordée de sapins et d'érables, dont les troncs étaient coquettement éclairés par-dessous grâce à de petites lumières judicieusement réparties sur les pelouses. À un moment, un curieux crissement se fit entendre sur le gravier, tout près, dans la pénombre.

« C'est sûrement Ralph ! » dit Bruno en se tournant vers Jane avec un large sourire.

À peine avait-il parlé qu'un énorme danois noir lui sauta aux épaules, haletant de bonheur et dégoulinant d'affection.

« Aux pieds, Ralph ! Aux pieds ! » commanda Bruno. Aussitôt, le monstre se remit sur ses quatre pattes et dirigea alors son enthousiasme vers

Monsieur Raminet, autour duquel il entama une série de sauts et de cabrioles qui mirent gravement en péril le bouquet-cadeau.

« Aux pieds, Ralph ! Aux pieds ! » essaya bien de lancer Monsieur Raminet. Il semblait que le son de sa voix, joint aux virevoltes qu'il faisait faire à son bouquet, redoublaient la joie de l'animal et l'exubérance de ses démonstrations. Aussi, fut-ce avec un réel soulagement qu'il aperçut les lueurs de deux grands lampadaires, un double perron de granit, une entrée à colonnes, la masse imposante, enfin, d'une vieille malouinière au toit d'ardoise surmonté de hautes cheminées. Ralph comprit aussitôt que la récréation était terminée et, d'un air résigné, quitta soudain le petit groupe, rejoignit en deux bonds les profondeurs du parc pour aller remplir, aux cœur des ténèbres, son impérieux devoir de surveillance.

Dans l'encadrement de la porte, se tenait une femme mince, d'environ quarante ans, vêtue d'une sorte de kimono turquoise à grandes fleurs blanches. Elle avait des cheveux blonds coupés très court, les yeux verts, le sourire énergique. Elle écarta grand les bras :

« Jane ! Ma chérie ! Tu es de plus en plus belle !

— Bonsoir, Momo ! C'est toi qui es belle ! dit Jane en se laissant embrasser.

— Tais-toi donc ! moi, je suis une vieille ! Tu sais que Bruno est fou de toi ? Mais, dis donc, tu ne m'as pas présenté ton ami! Bruno n'arrête pas de m'en parler. Alors c'est donc vous, monsieur... ah, voilà que je ne sais plus! c'est trop bête! vous ne m'en voulez pas, j'espère? ah, ah, ah! »

Elle partit d'un rire de gorge, étonnamment grave, qui eût fort bien convenu à un déménageur. Bruno et Jane allaient se disputer l'honneur de le présenter, mais Monsieur Raminet prit les devants en se campant soudain, le bouquet au port d'armes, pour déclarer gravement:

« Madame, permettez-moi de vous dire à quel point je suis sensible à la chaleur de votre hospitalité et à la grâce de votre accueil. J'ai cependant le pénible devoir de vous apprendre que je me nomme Félix Raminet et que, de quelque façon qu'on puisse les percevoir, mon patronyme et mon prénom font indissolublement partie de ma modeste personne dont la confusion à avoir accepté aussi facilement de compter pour ce soir au nombre de vos hôtes se trouve contrebalancée par la joie, d'une part, d'avoir cédé à l'amicale force de persuasion de monsieur votre fils, d'autre part, de saisir l'occasion qui m'est ainsi donnée de vous présenter mes plus respectueux hommages dont vous trouverez une trop faible expression dans ces quelques fleurs. »

Madame Monique Frachon, qui croyait pourtant qu'elle « en avait vu d'autres » resta figée une bonne seconde, yeux écarquillés et bouche entrouverte, avant de recevoir le bouquet qu'on lui tendait.

« C'est... c'est trop gentil ! Il ne fallait pas... C'est en toute simplicité, Jane et Bruno ne vous ont pas dit ?... Mais où sont-ils ? »

Jane et Bruno, pris d'une furieuse envie de rire, avaient lâchement disparu à l'intérieur.

« Jane et Bruno n'y sont pour rien ! déclara crânement Monsieur Raminet, en désignant le bouquet.

— Oui... oui, j'imagine qu'il n'y a pas eu de collecte ! » répliqua Monique Frachon. Et remise en selle par ce bon mot, elle détailla son visiteur de haut en bas avant d'ajouter, avec une réelle compassion :

« Ils auraient quand même pu vous dire de ne pas vous habiller ! Pourquoi vous vous êtes mis comme ça ?

— Madame, je...

— D'accord, ça ne fait rien ! Venez avec moi, je vais vous présenter à mon mari.

— Avec grand...

— Mais avant, je veux que vous sachiez : les fleurs, c'est très gentil ! Si, c'est très, très gentil ! Il faut que je leur trouve un vase, par exemple. Parce que je veux le choisir moi-même ! Attendez... je crois qu'il est par là-bas... donnez-moi la main.

On va aller plus vite... Pardon, pardon... Pierre ! Pardon... Pierre, voilà monsieur... Raminet ! Tu sais, Bruno nous en a parlé hier soir ! Regarde le "rrravissant" bouquet qu'il m'a offert ! Bon, je vous laisse, faut que je trouve un vase ! »

Elle abandonna Monsieur Raminet au centre d'un groupe d'hommes d'une cinquantaine d'années, corpulents, vêtus de chemisettes et de pantalons aux couleurs vives. À son arrivée, ils s'étaient arrêtés tout à la fois de parler, de manger, de boire ou de fumer, pour l'examiner comme ils auraient fait d'un spécimen encore ignoré qu'on serait venu leur présenter dans le cadre d'un concours agricole. Au milieu d'eux, se tenait un homme qui devait être du même âge que Monsieur Raminet. Il avait les cheveux bouclés et grisonnants, les yeux bleu pâle, la mâchoire saillante. Il avait l'air dur et triste.

Les autres avaient l'air simplement fatigués et méfiants. Ils avaient tous un verre à la main. Certains mâchouillaient quelque chose. Un seul fumait – ou plutôt : tétait fébrilement un cigare apparemment trop gros, car il ne réussissait pas à le faire fonctionner. Personne ne semblait disposé à lui venir en aide. Monsieur Raminet commençait à y songer vaguement, quand l'homme à l'air dur et triste lui dit d'une voix neutre, en lui tendant la main :

« Je suis Pierre Frachon. Qu'est-ce que vous voulez boire?

— Très heureux de... » répondit avec peine Monsieur Raminet, qui se faisait broyer la main dans une poigne d'acier. Il se reprit et lança sur un ton dégagé:

« Ça dépend. Qu'est-ce que vous avez? »

Pierre Frachon eut un pâle sourire.

« Dites toujours! On essaiera de vous satisfaire. »

Le reste du groupe regardait Monsieur Raminet en silence, comme si l'on attendait de sa part une déclaration de la plus haute importance. Monsieur Raminet était complètement pris au dépourvu. Il réfléchissait à toute vitesse pour trouver un nom de breuvage, mais, aussi incroyable que cela puisse paraître, rien ne lui venait à l'esprit. Pierre Frachon usa de charité:

« Tout le monde n'est pas, comme moi, condamné au jus d'orange. Un peu de champagne, peut-être?

— Du champagne? Mais... pourquoi pas! Quelle bonne idée! » s'exclama Monsieur Raminet, soulagé. Pierre Frachon lui attrapa une coupe sur un plateau qu'un serveur en veste blanche faisait glisser parmi les invités.

« Merci! Eh bien, ma foi... à votre santé! »

Les autres esquissèrent un vague geste avec leur verre.

« Hmm... très bon ! Il est délicieux ! »

Pierre Frachon le regardait intensément. Sans le quitter des yeux, il déclara solennellement :

« Mes amis, vous ne savez sans doute pas que monsieur... Raminet a fait de la planche tout l'après-midi, hier, avec Bruno. C'est un mordu !

— Euh, pour être exact...

— Et qu'est-ce que vous faites, quand vous ne faites pas de la planche ? » coupa d'un ton méprisant une espèce de colosse roux qui faisait danser des restes de glaçons dans un fond de whisky.

« Je suis professeur de droit civil. Ou plutôt, j'étais...

— Et à quoi ça sert, le droit civil ?

— À ne pas poser de questions rendues illégitimes par une agressivité inutile » répondit d'un trait le petit homme en fixant son imprudent agresseur. Le malheureux n'avait pas imaginé que Monsieur Raminet avait passé sa vie à se poser cette question et qu'il venait de saisir l'occasion d'y apporter une réponse encore inédite. Le colosse roux se retourna vers le reste du groupe sans y trouver cependant le soutien qu'il espérait. Au contraire, Pierre Frachon eut un second sourire, moins pâle que le premier :

« Venez avec moi une seconde. »

Il prit familièrement Monsieur Raminet par le bras pour l'entraîner dans son bureau. C'était une vaste pièce aux lambris dorés, garnie d'un assortiment de sièges en cuir devant une grande table de merisier.

« Asseyez-vous.
— Merci. Je...
— Faut pas vous chatouiller, on dirait.
— Plaît-il?
— Vous lui avez cloué le bec!
— Oh, je ne...
— Qu'est-ce je peux faire pour vous?
— Pardon?
— Parlons clairement: Bruno m'a tout raconté. Vous avez été prof, vous avez dételé, vous n'avez pas froid aux yeux, qu'est-ce que vous voulez faire? Si vous avez un projet, vous me le dites et, si je peux, je vous donne un coup de pouce. »

Monsieur Raminet, à moitié englouti au fond de son fauteuil, eut un étonnement de nouveau-né. Il se redressa un peu, ôta ses lunettes pour les essuyer, et commença:

« Monsieur, je vous suis très obligé de votre sollicitude, mais, étant en retraite...
— Eh bien, dites-moi ce que vous voulez faire!
— Mais... rien. »

Pierre Frachon fronça les sourcils en essayant de deviner où son étrange invité voulait en venir.

« Enfin, quand je dis "rien", rien qui ait un contenu précis, concret, définissable.

— Écoutez, on ne va pas y passer la nuit. Je vous trouve très sympathique, mais dites-moi de quoi vous avez besoin. »

Monsieur Raminet ne put s'empêcher d'avoir un petit rire d'enfant qui figea son hôte de sa prise. Il rajusta ses lunettes et dit, d'un ton très pédagogique:

« J'ai besoin de continuer à me préparer du mieux possible à mourir.

— Vous êtes malade?

— Eh bien... vous appellerez cela une maladie, si vous voulez. Nous en sommes tous affectés puisque nous mourrons tous.

— Vous n'êtes pas gai, dites donc!

— Détrompez-vous! Voyez-vous, j'ai un violon d'Ingres: la philosophie. Si elle peut servir à quelque chose, c'est bien à mourir sans tristesse.

— Ouais... vous avez des enfants?

— Non, mais ne croyez pas que ce soit une raison pour trouver mes propos futiles. Enfants ou pas, chacun est seul quand il pense à sa propre mort. Je suis sûr que vous me comprenez très bien.

— Ah, oui? Pourquoi? Je ne suis pas philosophe, moi.

— Non, mais vous êtes seul. »

Monsieur Raminet avait dit ces derniers mots presque à voix basse, car il en mesurait bien l'audace. Quand il vit les yeux de Pierre Frachon se plisser brusquement pour mieux le fixer, il sut qu'il avait fait mouche.

« Qu'est-ce que vous pensez de Bruno ?

— Oh... c'est un garçon remarquable : intelligent, courageux, entreprenant et, ce qui ne gâte rien, d'une grande loyauté, à ce qu'il me semble. C'est votre seul enfant ?

— Non, j'ai aussi deux filles. Mariées, avec des enfants. Mais... Bruno, s'il a toutes les belles qualités que vous venez d'énumérer, comment expliquez-vous qu'il ne veuille pas travailler avec moi ?

— Sans doute parce qu'il a des idées personnelles sur son avenir. Et c'est vous qui lui avez donné les moyens d'avoir ces idées. »

Ils restèrent tous les deux silencieux un moment. Puis, Pierre Frachon eut un sourire quasi chaleureux avant de proposer :

« Il est temps d'aller rejoindre les autres, vous ne croyez pas ?

— Grand temps !

— Je peux vous appeler Félix ?

— Si cela vous procure quelque agrément, n'hésitez pas !

— Appelez-moi Pierre.

— Je ne peux rien vous promettre. »

Pierre Frachon émit ce qui devait être un petit rire : « Vous êtes une sacrée pointure, on dirait ! »

Il reprit Monsieur Raminet par le bras et ils regagnèrent tous les deux le grand salon. Les sons discordants des voix, des rires, le bruit des verres, la musique d'ambiance produite par un petit orchestre qui s'était installé dans un coin, tout cela parut assourdissant à Monsieur Raminet. Il aurait désiré sortir, mais son hôte lui glissa à l'oreille :

« Tiens, voilà ma sœur. Je vais vous présenter. Ça lui fera du bien. Louise ! »

Une femme brune, moulée dans une sorte d'étui en aluminium, s'approcha.

« Louise, je te présente Félix. Un philosophe formidable. Je vous laisse. Écoute bien ce qu'il va te dire.

— Bonjour, Félix ! dit la dame brune, en montrant toutes ses dents ; qu'est-ce que vous pensez de la soirée ? »

Monsieur Raminet s'efforça de lui répondre en détail.

Elle faisait partie de ces gens qui, tandis que vous leur parlez, vous regardent intensément et ponctuent vos propos d'imperceptibles signes d'acquiescement, brefs battements de paupières ou mouvements convulsifs des lèvres, afin que vous sachiez que leur intelligence fulgurante ne perd pas une miette de ce que vous dites, que chacune de vos paroles est analysée aussitôt que prononcée, que vous êtes si bien compris qu'ils lisent en vous à livre ouvert et qu'il ne tiendrait qu'à eux d'anticiper sur vos pensées grâce à un transcendental pouvoir de succion par lequel ils se sont approprié votre esprit. Face à ce genre d'individus qui lui rappelait curieusement certains étudiants besogneux, Monsieur Raminet n'était jamais très à l'aise. Sans pêcher par excès de modestie, il était sûr que ses propos ne requéraient pas une telle attention, et que la passion, aussi soudaine qu'inexplicable, qui animait les yeux de son interlocutrice, était révélatrice d'un dérèglement affectif plutôt que d'un intérêt légitime.

Aussi Monsieur Raminet était-il gagné par l'ennui, un ennui qu'il alimentait lui-même au fur et à mesure qu'il parlait. Les yeux intensément inexpressifs de Louise réduisaient ses propos à un monologue désespérant. Il cherchait le moyen de se tirer de cette situation quand Jane surgit à ses côtés. Après avoir congédié Louise en lui administrant un petit baiser sur la joue, elle le prit par la main et l'entraîna dehors en lui soufflant à l'oreille:

« Viens. On rentre. »

Tardif coït

La nuit de juin était fraîche et embaumée. Une légère brise animait les frondaisons du parc et leur donnait d'amples mouvements sous la clarté intermittente de la lune. Monsieur Raminet s'efforçait de faire le moins de bruit possible sur le gravier de l'allée de crainte de faire resurgir Ralph et de subir à nouveau ses démonstrations d'amitié. Mais il était surtout intrigué par le silence de Jane. Par le petit pli qui barrait son front. Par le voile qui embrumait son visage. Lorsqu'ils eurent regagné la voiture, il se borna à introduire la clef dans la fente sans mettre le contact.

« Qu'y a-t-il, Jane ? Pourquoi m'avez-vous entraîné dans ce départ précipité ? Je n'ai même pas eu le temps de prendre congé de…

— Démarre, Pussy ! dit-elle sans le regarder.

— Pas avant que vous ne m'ayez expliqué... et puis, d'abord, qu'avez-vous fait de Bruno?

— Je l'ai laissé.

— Où cela?

— Dans sa chambre.

— Vous étiez dans sa chambre?

— Oui. Pour écouter de la musique. C'est ce qu'il disait.

— Et alors?

— Il a voulu faire l'amour. Pas moi. »

La question « pourquoi? » brûlait les lèvres de Monsieur Raminet. Curieusement, il se retint.

« Tu ne demandes pas pourquoi?

— Euh... non.

— Tu es formidable! » s'exclama-t-elle en se jetant soudain à son cou. Monsieur Raminet s'agrippa à son volant. Elle posa sa tête sur son épaule et murmura:

« Tous les hommes demandent "pourquoi?". Toi, non. Tu comprends tout de suite. Tu n'oublies pas ma liberté.

— Non, bien sûr. Mais..

— Mais? »

Elle redressa la tête, toute surprise.

« Mademoiselle Jane... commença soudain Monsieur Raminet.

— S'il te plaît, ne m'appelle pas "Mademoiselle"!

— Écoutez : je vais vous appeler comme bon me semble, car il y a une chose que je tiens à vous dire.

— Oh, oh !

— Ne vous mettez pas à ricaner, cela ne changera rien ! Il est temps de mettre les choses au point. Vous n'allez pas régenter ma vie et me "materner" sous prétexte que vous connaissez tout et tout le monde ! Croyez bien que je suis arrivé à mon âge sans encombre ; qu'à ce qu'il me semble, je n'ai pas à rougir de mon passé, fait d'honnêteté et de dévouement ; que je crois avoir été utile à mes contemporains autant que ma bonne volonté et mes compétences me l'ont permis ; en un mot, que je me suis, jusqu'ici, fort bien passé de vous. Je vous parle assez crûment, mais vous observerez que c'est vous qui m'y avez en quelque sorte contraint. N'est-ce pas ? Hmm ? Vous ne répondez pas ? D'ailleurs, il n'y a rien à répondre. Et puis, vous comprenez, votre conduite – que je ne juge pas, notez bien ! – votre conduite ne laisse pas de me surprendre : vous semblez prôner une liberté sans retenue et, sans être à proprement parler de mœurs légères, vous n'hésitez pas à céder à chacun de vos caprices pour satisfaire vos appétits... sexuels ! Oui, il est temps d'appeler les choses par leur nom ! Alors, quand ce pauvre garçon qui, sans doute, poursuit inlassablement la quête douloureuse de l'idéale, de la pure image de la Femme, qui demeure persuadé que l'Amour est fait pour que deux êtres puissent construire leur éternité, eh bien, quand ce garçon vous a à ses côtés, il ne peut pas ne pas sentir qui vous êtes et, en un instant, devenir le jouet, l'esclave des désirs que votre seule présence fait naître en lui. Dans ces conditions, ne vous offusquez pas, de grâce, si, sous l'empire de ses sens déchaînés, il a pu vouloir esquisser un geste – en soi déplacé, certes! – mais qui, dans le contexte que vous aviez vous-même créé n'était que l'effet d'une cause qui vous appartient! Ajoutez à cela...

— Stop!

— Pardon?

— Je ne comprends pas: "l'effet de la cause".

— Hein?... ah, oui! C'est très simple: vous êtes la cause de ce qui vous arrive! Vous, parce que vous êtes comme vous êtes! Vous, et personne d'autre!

— Toi aussi, alors!

— Non! Enfin, dans un sens, oui... mais ce n'est pas pareil! Moi, je ne demande rien à personne! Comme ce pauvre garçon!

— Arrête de dire "pauvre garçon"! Tu ne le connais pas! C'est un petit play-boy, très content de lui. Il collectionne les filles et il les jette après.

Il se vante tout le temps d'avoir toutes les filles qu'il veut. Il est mignon et il est pas con, mais il se croit malin seulement parce qu'il est un mec. Il est comme son père : misogyne par convenance.

— Permettez ! Au sujet de son père...

— Arrête ! Tu vas me dire qu'il se rebelle contre lui et toutes ces salades ! Je le sais. Mais il est fasciné par lui et il fait le petit singe. Et il veut avoir un jour encore plus de fric et encore plus de filles. C'est tout. C'est ça, la vérité. C'est pas très idéal, hein ?

— Mais justement, son père...

— Son père, il t'a fait le coup : "J'ai bâti mon empire et je suis tout seul ! J'ai eu un fils et c'est un étranger ! Et vous qui débarquez pour la première fois, comme ça, vous allez m'expliquer tout ça !"

— Ce n'est pas vrai !

— Mais si ! On rentre, maintenant ? »

Il ne dit rien. Il était comme engourdi, dans l'état de celui qui vient de perdre un match sur une faute « directe » qu'il a commise parce que, brusquement, il a cessé de croire en ses chances. Pour ce chevalier de la pensée pure, c'était une sensation toute nouvelle. Jane proposa fermement :

« Tu veux que je conduise ?

— Hein ?... Oh, si vous voulez, mais...

— Je ne vais pas casser ton auto !

— Non, bien sûr ! »

Il se sentit tellement bête d'avoir répondu cela qu'il se condamna au silence pendant la durée du trajet. Ils revinrent par la corniche. La route était étroite et sinueuse. Ils ne croisèrent qu'une moto qui les frôla dans un souffle bref. Jane conduisait prudemment, maternellement. Monsieur Raminet ne put s'empêcher d'admirer chez elle cette maîtrise de soi, car il avait craint une seconde qu'elle passât ses nerfs sur les ressources limitées de la mécanique. Au lieu de cela, elle avait un comportement de chauffeur professionnel qui va livrer un colis fragile. Ils parvinrent enfin à Saint-Malo et elle stoppa devant la maison de Monsieur Raminet.

« Que faites-vous ? Je vous raccompagne ! Je veux dire : allons à votre hôtel, je reprendrai le volant pour rentrer chez moi. »

Jane le regarda, les paupières à demi baissées et la bouche gonflée en une moue digne de la plus bestiale des vamps.

« Tu m'offres un verre ! râla-t-elle.
— Pardon ?
— Tu as très bien entendu ! »

Elle parvenait à avoir un air si vulgaire que Félix Raminet se demanda un moment si ce n'était pas quelqu'un d'autre qui, par un tour de magie noire, avait pris la place de Jane. Il rassembla tout son sang-froid pour balbutier :

« Ma chère enfant... dois-je comprendre que vous... que vous avez soif?

— *Just right, baby!*

— Ah! Eh bien... »

Brusquement, elle éclata de rire et elle redevint elle-même. Son rire clair tomba comme une pluie fraîche sur Monsieur Raminet.

« Ah vous voulez plaisanter! Ah, ah!

— Pas du tout, » répliqua-t-elle immédiatement. Elle était redevenue très sérieuse. Très sérieuse, mais gentille.

« Comment cela?

— Tu as peur, Pussy!

— Peur? Moi? Voyons, c'est ridicule! Peur de quoi? Je veux dire... de qui? Pas de vous, en tout cas!

— N'aie pas peur.

— Mais je vous assure que...

— Allez, on y va! »

Ils y allèrent.

Ce fut lui qui entra le premier dans le lit, un peu à la manière d'un automate, incrédule et docile. Lorsqu'elle se glissa sous les draps, elle colla progressivement son corps contre le sien. Il se sentit parcouru par une onde de chaleur. Elle fit couler sa main tout au long de ses reliefs, et il eut alors la surprise de sentir s'ériger une partie de lui-même qui d'ordinaire se cantonnait dans un rôle utilitaire, obscur exécutant chez qui la routine tenait lieu d'ambition et le soulagement de plaisir. À présent, son vieux corps, au fur et à mesure qu'on le parcourait, se laissait inventorier avec reconnaissance par cette main miraculeuse qui, lentement, tendrement, était en train de le ramener à la vie.

Il se pencha. Elle se pencha. Elle se laissa poser sur le front deux baisers. Puis, tout ce qui s'en suit suivit.

Après qu'ils eurent fait ce qu'il était devenu inévitable qu'ils fissent, Félix Raminet se remit précautionneusement sur le dos et resta un bon quart d'heure allongé, le drap remonté jusqu'au menton, les yeux grands ouverts. Sa respiration, d'une ampleur insoupçonnée, s'apaisait progressivement. Naturellement, il ne s'était jamais senti aussi bien : aussi lourd et aussi léger à la fois, l'esprit vide et la tête bourdonnante, stupéfait d'avoir participé aussi activement à ce qui venait de se passer, n'en tirant toutefois ni satisfaction juvénile ni fatuité d'arrière-saison, se contentant d'égrener intérieurement, aux côtés de Jane elle aussi immobile, ces minutes miraculeuses, prenant profondément conscience de son état, du sentiment étrange, nouveau et familier, qui l'avait envahi et qu'il ne pouvait désigner que par un mot, un mot qu'il n'avait encore jamais eu l'occasion de prononcer pour son propre compte, un mot qu'on n'ose jamais prononcer, de peur de détruire du même coup ce qu'il désigne ; et, avant qu'un geste, un bruit, un son de voix humaine vînt altérer irrémédiablement cet instant en le replaçant dans la marche immense du Temps, Félix Raminet ferma les yeux et se concentra de toutes ses forces sur ce mot : bonheur. Puis, lorsqu'il en eut épuisé tout le suc, lorsqu'il s'en fut enivré comme d'un arôme trop puissant, il fit faire à sa tête ronde un petit quart de tour sur l'oreiller en direction de Jane. Elle avait les yeux clos, la moitié de visage baigné par un rayon de lune, les lèvres très légèrement entrouvertes, le reste du corps à demi découvert, irréellement belle.

Monsieur Raminet, pour se rassurer contre il ne savait trop quoi, dit à voix basse :

« Jane...
— Pussy ?
— Je ne sais pas quoi dire.
— Tais-toi. Les hommes veulent toujours parler, après.
— C'est vrai ?
— Dors.
— Mais...
— Je suis contente. Dors.
— Oui. »

Et il s'endormit. Et il rêva. Il se trouvait sur le trottoir d'une grande avenue qui ressemblait aux

Champs-Élysées. On enfonçait un peu sur une surface élastique, tendue, qui faisait penser à un épiderme déroulé. Le temps outrepassait. Il s'engouffrait dans les couloirs d'avril. Il coulait furieusement dans des égorgements. Félix avait dans la tête une friture de souvenirs. Parmi les dindes à cous télescopiques et les petits tonneaux qui circulaient en désordre, qui sentaient le vieux nombril et les bonbons au café, il se frayait un chemin à grands coups d'yeux neufs. C'était un pays de villes et de bourgeons. Un pays où les gens étaient englués dans le doux, le sucré. Ils chantonnaient presque tous. On pouvait leur parler en gardant les lèvres fermées. Il n'y avait pas de mots clairs, secs, fouettants, qui font faire à la bouche une grande gymnastique. Partout, de grandes pancartes proclamaient : « Dimanche prochain se dérouleront les érections législatives. Personne ne doit s'abstenir. » Soudain, il se vit dans la glace d'un magasin. Il était vêtu en cow-boy, il mesurait au moins un mètre quatre-vingt dix avec une carrure d'athlète, mais il avait toujours sa tête ronde et ses petites lunettes. Il tenait à la main un gros paquet de confettis multicolores. On le poussa dans le dos. Il se retourna et, vif comme l'éclair, décocha à l'impertinent un terrible uppercut qui l'étendit sur le sol. En fait, c'était une jeune fille. C'était Christine, une camarade de lycée. Elle était toujours aussi jolie. Il voulut l'aider à se relever, mais elle resta assise par terre. Tout à coup, elle lui prit son paquet de confettis et les enfourna par poignées dans sa bouche. Il lui demanda d'arrêter en lui précisant que c'était son seul paquet. Mais plus il insistait, plus elle s'empiffrait. Autour d'eux, les passants ricanaient. Elle se mit à rire aussi, la bouche pleine, et il vit qu'elle n'avait pas de dents. Alors, il se redressa et demanda à la ronde, d'un ton glacial: « Vous voulez tâter de mon lasso ? » Aussitôt, les gens s'enfuirent, épouvantés. En un clin d'œil, les Champs-Élysées se vidèrent. Il remarqua que la chaussée était fissurée et que l'Arc de Triomphe était un petit buffet en bois blanc avec des rideaux jaunes. Il entendit un bourdonnement de guêpe. Christine avait disparu. Il tâcha de réajuster son ceinturon, mais il était pieds nus. Il éternua très fort et se réveilla.

On devinait le jour derrière les rideaux. Monsieur Raminet se demanda quelle heure il pouvait être. Puis, il s'aperçut qu'il était seul dans le lit. Il se leva vivement, se rendit compte qu'il était tout nu, chercha ses lunettes et tomba en arrêt devant un message que Jane avait fixé avec une punaise sur la porte de la chambre: « Je pars. Je vais faire la Course. Je t'embrasse. »

Monsieur Raminet reçut cette majuscule en plein cœur. « Elle est partie avec Loïc », pensa-t-il, sans d'ailleurs en vouloir à personne. Il était simplement terrassé par le côté imprévisible des événements, ou par ce qu'il jugea être son propre aveuglement, sa crédulité, son orgueil. « Médiocre ! Voilà ce que tu es : médiocre ! » se dit-il à haute voix, moins sans doute pour trouver dans cette flagellation express un semblant de réconfort que pour tenter de combler le vide radical qu'avait créé immédiatement le départ de Jane. Son absence occupait toute la pièce. C'était une sorte de matière invisible et épaisse qui avait coulé jusque dans les moindres recoins. Monsieur Raminet étouffait. Il ouvrit la bouche pour appeler, mais rien ne sortit. Il se précipita vers la fenêtre et déchira le léger mur souple formé par les rideaux. Il ne jeta pas un coup d'œil à l'extérieur. Il s'habilla à la hâte, faillit tomber en dévalant l'escalier et s'échappa de chez lui en direction de la plage.

Le jour suivant

Il n'était pas huit heures. Le jour venait à peine de se déclarer. Sur le sable pâle, les lignes noires des brisants s'arrêtaient très tôt, loin de l'ourlet tremblant de la marée basse. Le ciel brouillé dérobait le paysage à l'inquisition du regard. L'ensemble était hostile. Tout fuyait. Tout était vide. Creux. Monsieur Raminet avança jusqu'au bord de la digue et s'épuisa à scruter l'horizon. À droite : la pointe de la Varde ; à gauche : le cap Fréhel ; devant : Cézembre, le Fort de la Conchée, et d'autres îlots plus au moins fantomatiques. Il eut beau essuyer et réessuyer ses lunettes, mettre ses mains en visière au-dessus des yeux : rien. Pas la moindre voile. Seuls, quelques goélands se laissaient porter mollement sur des courants invisibles.

Monsieur Raminet ramena ses regards dans une zone plus restreinte et constata la présence de deux amoureux matinaux, sur un banc, à quelques mètres de lui. Ils étaient bruns, vêtus de cuir noir et de bottes pointues. Ils se dévoraient le visage et surenchérissaient de baisers. L'orifice buccal hypertrophié, ils faisaient penser à deux serpents qui, faute de rongeurs, auraient entrepris de s'entre-gober. La fille, surtout, tenant son partenaire par les joues, s'appliquait à ne rien perdre de son plaisir.

De temps en temps, ils s'accordaient un bref répit pour s'avouer leur amour: « J'avais la haine! Là, j'avais la haine, j'te jure! — Ah, dis donc, les vedettes! » L'angoisse poussa Monsieur Raminet à s'approcher et à essayer de les interrompre pour leur demander s'ils n'avaient pas vu...

La fille lui jeta un regard. Il y lut nettement: « Attendez: je finis mon baiser et je suis à vous! »

Il resta planté, les yeux rivés sur ce jeune couple qui attaquait la vie avec tant de bonne foi et d'appétit. Quand le baiser fut terminé, que ses formes, sa durée, ses contours furent parachevés, la fille se retourna et demanda, d'une voix aussi calme que ses pommettes étaient rouges:

« Qu'est-ce qu'y a? »

Avant de lui répondre, Monsieur Raminet lança un bref regard au garçon: il avait les yeux gavés et ne s'intéressait à rien.

« Excusez-moi de vous déranger, je cherche une jeune fille... blonde, grande... L'avez-vous aperçue, par hasard ? »

La fille gonfla ses joues en tendant le menton en avant, puis questionna son ami:

« T'as vu ça, toi ?... Cyril !
— Hein ?
— Le monsieur, y cherche sa fille. Tu l'as vue ?
— Tss, tss ! » émit sobrement Cyril.

« Vous voyez, dit la fille, on l'a pas vue ! Désolé ! » Elle avait un air si sérieux qu'elle paraissait triste.

« Merci tout de même ! Et excusez-moi de... »

Mais elle était déjà repartie à la charge sur le visage de son bien-aimé. Monsieur Raminet n'eut plus qu'à s'éloigner. Il grelottait. Il avait des sifflements suraigus dans les oreilles et des sillons glacés dans le dos. Il se rendit compte qu'il parlait tout seul, à mi-voix. Cela l'humilia et le mit en colère. Mais il continua à soliloquer en se disant: quand on est seul à parler, on est encore plus seul; c'est comme si les mots, dès leur sortie, commençaient à fabriquer du désert autour de vous; il n'y a plus d'écho nulle part dans le monde; l'horizon est crevé, oui, crevé !

À force de regarder, il crut apercevoir, très loin, le long du Fort National, au fond de la plage, une petite forme solitaire. Elle bougeait. Il se concentra pour ne pas la quitter des yeux. Insensiblement, elle se rapprochait. Tout à coup, il se rendit compte qu'elle était – il osait à peine y croire, il essuya à nouveau ses lunettes, – oui, elle était rose! Elle courait si légèrement qu'elle semblait glisser un peu au-dessus du sable, portée par le vent. Il se murmura: « Non, non, ça ne peut pas être elle. Ce serait trop beau, ce serait trop facile! » Mais il ne pouvait se détacher de la petite forme rose, et le discours qu'il se tenait à lui-même n'était que l'effet de cette sourde superstition qui, dans les moments de trop grande joie, nous pousse à nier l'évidence pour mieux recevoir le démenti de la réalité.

Il resta encore quelques secondes à la regarder se rapprocher puis, pris d'un élan subit, il dévala l'escalier et se mit à courir à sa rencontre en agitant les bras. Si l'on ajoute à ces gesticulations un fort vent de face, un terrain rendu lourd par l'humidité, des chaussures fines et un épais pardessus, on comprendra qu'il ne galopa pas longtemps. Il stoppa net, le cœur près d'exploser, la bouche grande ouverte, les lunettes criblés d'un mélange à la fois poudreux et collant. À la recherche de son souffle perdu, il vit avec ravissement qu'elle l'avait repéré et qu'elle avait accéléré son allure pour le rejoindre. Quand elle ne fut plus qu'à deux ou trois mètres, elle s'écria: « Pussy! Petit Pussy! »

avant de lui sauter au cou. Ce qui eut pour effet de les faire tomber tous les deux enlacés, sur la plage détrempée. Ivre de bonheur, Monsieur Raminet balbutiait :

« Jane ! Oh, Jane ! Dire que je... que je croyais...

— Quoi ?

— Que... que vous étiez partie !

— Partie ? Tu veux dire : partie, partie ?

— Ou... oui !

— Oh ! Tu n'as pas vu mon petit mot ?

— Si ! Si, mais... Je n'ai rien compris ! Ça ne fait rien !

— Oh, tu es venu me chercher sur la plage ! C'est gentil ! » Et elle lui piqua le visage de petits baisers, et il se cramponna à son blouson lisse, tout en lâchant quelques larmes à l'abri de ses lunettes. Lorsqu'ils se relevèrent, ils s'aperçurent qu'ils étaient couverts de sable. Alors, avant de remonter se changer, ils s'offrirent un grand rire bête et reconstituant.

Ils passèrent le reste de la journée ensemble, à ne rien faire, c'est-à-dire à bavarder. Chacun refit le monde une ou deux fois, puis Jane demanda ce qu'était « exactement » la philosophie. Monsieur Raminet hésita. L'adverbe « exactement » l'embarrassait. Il lui eût été facile de le balayer d'un revers de raisonnement, mais il préféra le conserver pour élaborer une réponse en quelque sorte « enrichie ».

« Voyez-vous, Jane, ce que les Occidentaux appellent "la Philosophie" n'est que la mise en commun de leurs langages pour essayer de se poser les mêmes questions. Mais, plus les interrogations sont nombreuses, plus les réponses sont rares.

— Est-ce qu'il y en a quand même ?

— Eh bien, des réponses qui soient les mêmes pour tous... en fait, je ne crois pas.

— Pourquoi ?

— Parce qu'on peut encore admettre qu'un mot ait une seule signification, mais on constate qu'il a autant de "résonances" qu'il y a de gens à le prononcer ou à l'entendre. Les humains sont à la fois si semblables et si différents ! Tous sont soumis aux mots, mais chacun a sa recette pour les consommer. Il y en a qui se taisent, ils sont environnés de mots immobiles. Il y en a qui s'arrêtent de parler, ils sont suivis d'une invisible traîne. Il y en a qui écarquillent les yeux, leur bouche refoule les mots avant de les avoir prononcés. Il y en a qui... comme vous, tenez !

— Moi ? Quoi ?

— Qui savent parler, tout simplement ! C'est-à-dire qui parlent aux bons moments !

— Ceux qui savent parler, c'est ceux qui savent les mots qu'il faut !

Et moi, je ne...

— Pas du tout ! Ceux qui savent parler, c'est ceux qui, aux bons moments, emploient juste la quantité de mots qui convient ! »

Jane faisait les yeux ronds :

« Tu crois vraiment que je suis comme ça ?

— Assurément !

— Mais alors, toi... !

— Hélas, non ! Je n'ai pas cette chance. Je parle toujours trop ou trop peu. Ce n'est jamais... harmonieux. Vous au contraire – et vous n'y avez aucun mérite – vous parlez comme vous respirez, comme vous courez, enfin... si j'étais musicien, je dirais que, quel que soit le morceau, vous êtes toujours en mesure. C'est d'ailleurs ce qui fait que vous donnez une grande impression de liberté !

— C'est quoi "être libre" ? »

Monsieur Raminet sortit sa pochette pour essuyer ses lunettes, et répondit donc les yeux baissés sur ses doigts qui massaient vigoureusement les deux verres :

« Être libre, c'est être forcé de choisir. La liberté, c'est la solitude. On parle toujours du poids de la servitude. Qui parlera du poids de la liberté ? On n'a besoin d'être libre qu'une ou deux fois par vie. Et peu nombreux sont ceux qui sont capables de l'être, de renoncer à soi, de jeter tout son lest pour aller voir ailleurs.

— Pussy, ce n'est pas moi ! C'est toi qui es comme ça ! »

Ce fut au tour de Monsieur Raminet de faire les yeux ronds.

« Oui, c'est toi ! Tu es libre ! »

Il lui prit les mains et les serra avec une ferveur de nouveau-né :

« Ma chère Jane, ma... chérie, si cela est, je vous le dois !

— Oh, non ! Moi, je suis le lest ! Tu viens de me jeter ! Tu le sais ! »

Il fut suffoqué. Parce qu'il sentit qu'elle avait raison. Ils observèrent une minute de silence. Ou plutôt non : le silence n'est pas l'absence de bruits, c'est l'absence de signes. Or, cette minute qu'ils partagèrent était peut-être la plus signifiante de toute leur vie. Lui, encore sous le choc, ne parvenait pas à se remettre en ordre : il avait dans la tête un troupeau de mots, pris de folie, qui couraient dans tous les sens. Mais aucun ne trouvait le chemin pour aller vers Jane. Elle, les yeux dans le vague, sentait confusément qu'en lui révélant sa liberté elle venait d'entrer dans la sienne propre.

La mort de Mme Villequier

« C'était la meilleure amie de ma mère, dit Monsieur Raminet ; elle a fait ce qu'elle a pu pour m'aider, mais mon père était "fier", comme on dit, et il refusait toujours qu'on se mêle de ses affaires. Elle n'était pas bien riche, je crois, et très discrète, mais elle avait quand même insisté pour que je vienne faire mes devoirs chez elle, le jeudi. Mon père a fini par céder. Comme ça, je n'étais plus tout seul.

— Où est sa maison ?

— Oh, ce n'est qu'un appartement ! Un petit appartement ! Dans le vieux Rennes.

— Tu y vas avec ton auto ? s'enquit Jane, le sourcil un peu froncé.

— Bien sûr ! Puisque j'ai une voiture, je ne vois vraiment pas pourquoi j'emprunterais un autre moyen de locomotion.

— Tu veux que je vienne avec toi ?

— Sûrement pas ! D'ailleurs, j'ai acheté une carte routière détaillée et un plan de la ville de Rennes. Rien de fâcheux ne peut donc m'arriver.

— Tu vas faire attention, hein, Pussy ?

— Ma chère Jane, cessez de vous tracasser ! J'ai passé l'âge d'être chaperonné ! Tout de même, tout de même ! »

Jane lui claqua un petit baiser sur la joue et il faut croire que ce viatique était adéquat, car Monsieur Raminet accomplit son trajet sans encombres. Lorsqu'il pénétra dans l'immeuble de Mme Villequier, son cœur se serra et, comme pour se faire diversion à soi-même, il se fit la réflexion que rien n'avait changé, sauf un minuscule ascenseur qu'on avait installé dans la cage d'escalier. Il n'osa pas le prendre et gravit les marches jusqu'au troisième, porte gauche. C'était le même bouton de sonnette, le même son aigrelet. Mais personne n'ouvrit. Monsieur Raminet appuya une seconde fois tout en se disant : « J'aurais dû prévenir ! Quelle idée saugrenue j'ai eue de vouloir faire une surprise ! » Il attendit encore quelques secondes, et ce fut l'autre porte du palier qui s'ouvrit derrière lui. Il se retourna et aperçut une tête ronde aux cheveux frisottés qui tombaient sur deux petits yeux inquiets :

« Vous voulez voir mâme Villequier ? Elle est pas là !

— Effectivement, madame ! Effectivement, je...
— Elle est à l'hôpital, mâme Villequier.
— Quoi !...
— Vous êtes un parent ?
— Non, seulement un...

— Je me disais aussi ! Je sais bien qu'elle n'a pas de parents ! Si j'étais pas là, elle aurait personne qui viendrait la voir à Pontchaillou !

— Elle est à l'hôpital de Pontchaillou ! Mais elle est donc gravement malade ?

— Ben, je vous crois ! Les organes, ça rigole pas ! Vous connaissez pas ça, vous autres ! Alors comme ça, vous n'êtes pas un parent ? Mais d'où c'est que vous la connaissez, alors ?

— Pardonnez-moi, chère madame, mais il faut que je me sauve !

— Eh, attendez ! Vous allez la voir, là ?
— Oui.

— Eh ben ne partez pas comme ça ! Je vais vous donner son petit paquet, comme ça j'aurai pas besoin d'y aller cette semaine. »

Elle disparut une seconde de l'entrebâillement de la porte et revint pour fourrer dans les mains de Monsieur Raminet un sac en plastique portant la marque « Monoprix » et dans lequel se trouvaient quelques journaux mal pliés.

Monsieur Raminet dégringola les trois étages comme dans un rêve. Il regagna sa voiture, consulta fébrilement le plan de la ville et, environ une demi-heure plus tard, passait devant une pancarte « Centre hospitalier régional » et pénétrait dans l'enceinte d'un immense ensemble de bâtiments blancs et fleuris. Des jets d'eau répandaient une calme ondée sur les pelouses. Un jardinier taillait des roses. Des gens semblaient se promener.

Son sac en plastique à la main, Monsieur Raminet effectua une longue trotte dans les couloirs, pénétra dans de nombreux bureaux, se fit malmener par un certain nombre d'ascenseurs, avant de parvenir au bon étage, devant la bonne chambre. Une jeune infirmière aux yeux creux en gardait l'entrée.

« Mademoiselle, excusez-moi, j'aurais souhaité voir Mme Villequier.

— Oui, elle est ici, répondit l'infirmière en regardant fixement Monsieur Raminet; mais actuellement, c'est l'heure des soins. Les visites ne commencent qu'à une heure.

—Ah ! » laissa échapper Monsieur Raminet. Il devait avoir l'air bien triste et bien désemparé car, sans qu'il eût rien demandé, l'infirmière lui proposa:

« Écoutez, je vais voir si on peut vous laisser entrer quand les soins seront terminés. Vous avez une petite salle d'attente, là-bas. Allez-y. Je viendrai vous prévenir.

— Mademoiselle, je ne sais comment vous remercier... »

L'infirmière sourit faiblement et Monsieur Raminet alla s'asseoir dans la petite salle qu'on venait de lui indiquer. Il s'y trouva avec un vieil homme à tête de lune, en pyjama gris, qui lui sourit en le regardant intensément. Un autre, plus jeune, un pansement autour du crâne, regardait la télévision. Le récepteur était accroché au mur. Des revues traînaient sur une petite table, autour d'un bouquet jaune. Le vieil homme regardait de plus en plus Monsieur Raminet qui se retrancha derrière un vieux numéro de *Paris Match*. L'infirmière vint bientôt le délivrer.

« Ne restez pas trop longtemps. Vous savez qu'elle est très fatiguée.

— Dites-moi : qu'a-t-elle exactement ?

— Si vous venez en visite, vous devez bien savoir, allons ! Tenez, entrez ! »

Elle le fit pénétrer dans une grande salle où l'odeur était la même que celle du couloir, mais en plus fort : une odeur, non pas d'éther, mais de propreté dure, forcenée. Une dizaine de lits étaient alignés devant de grandes baies où l'on avait tiré des rideaux translucides pour adoucir la lumière. Tous les lits étaient occupés par des formes parfaitement immobiles. Toutes les têtes étaient gélifiées, tous les mentons étaient relevés, tous les yeux étaient écarquillés en direction du plafond qu'ils regardaient à l'envers, comme s'ils avaient déjà basculé de l'autre côté d'une petite frontière.

« Elle est là-bas, le septième lit, » dit l'infirmière avec un petit geste bref. En les regardant, il pensa qu'on ne devrait pas appeler cela des lits. C'était autre chose. Des espèces de présentoirs où poser des corps humains pour qu'ils soient à la disposition de ceux qui peuvent leur faire ce qu'ils veulent. Le lit, c'est l'endroit où l'on se retire, où l'on est chez soi. Là, il voyait des plateaux qu'on pouvait bouger, redresser, abaisser, tourner, rouler avec leurs occupants, sans avoir besoin de demander leur avis. Sur ces plateaux, on était montré aux médecins ou aux visiteurs. On était montré. Et c'est cela qui rend l'hôpital, comme le zoo, si triste.

Il se décida à avancer sur le carrelage en comptant mentalement les lits. Arrivé au septième, il se trouva face à un visage qui ne lui rappelait rien. Machinalement, il jeta un petit coup d'œil en arrière pour recompter. C'était bien celui-là. Il se força à s'approcher du visage. La peau était grisâtre, jusque sur le crâne, d'où les cheveux avaient disparu ; la bouche, comme cousue de l'intérieur, faisait des petits plis sur elle-même ; les yeux larmoyants ne cessaient de rouler dans le vide avec une expression furieuse. On aurait dit un clown raté. Monsieur Raminet essaya de trouver un indice qui pût lui confirmer que c'était bien là celle qui, le jeudi, pendant tant d'années, lui avait offert un peu de douceur.

N'en trouvant pas, il se pencha légèrement :
« Madame Villequier... Madame Villequier ! »
Les yeux roulèrent vers lui et le toisèrent de façon grotesque, comme s'il était tombé de la lune.
« Madame Villequier... c'est moi, Félix. Félix Raminet. »
Les yeux roulèrent encore une ou deux fois, puis la bouche sembla se découdre à moitié :
« Félix ? Le petit Félix ?
— Oui, le petit Félix ! Ah, quel bonheur, vous m'avez reconnu !
— Qu'est-ce que... vous voulez ?
— Oh, il faut me dire "tu", madame Villequier ! Comme avant !
— Le petit Félix ! Ah... ben, alors !
— Mais oui ! Je ne savais pas que vous étiez malade, alors je suis allé chez vous et c'est votre voisine qui m'a dit que vous étiez là.
— Mon petit... Félix ! Je veux t'embrasser !
— Bien sûr ! Moi aussi ! »
Quand il se pencha, un bras sortit de dessous du drap et lui prit la nuque avec une force insoupçonnable. Il fut précipité vers la peau des joues : il la sentit si mince qu'il eut peur de la déchirer à

l'endroit où il plaça un baiser. Et, de près, il sentit une odeur de vieille eau, l'odeur de l'eau des fleurs dans les vases qu'on a oublié de vider. Il se libéra de l'étreinte du bras pour pouvoir se redresser.

« Madame Villequier, il y a longtemps que vous êtes là ?

— Mon petit... Félix, va ! Mon petit Félix !

— Qu'est-ce que vous avez, madame Villequier ?

— Il faudrait point mourir. »

Elle avait dit cela d'un ton pleurnichard qui, ajouté à sa position allongée, déformait totalement sa voix. Monsieur Raminet regarda cette tête qui, avec l'oreiller où elle était posée, formait une vieille corolle. Que renfermait-elle encore ? Les yeux semblaient ne pas tenir le même langage que la bouche. Ils paraissaient avoir pris de l'avance. Roulants, écarquillés, ils essayaient de voir à travers Monsieur Raminet quelque chose qui n'existait pas.

« Il faut me dire ce qui vous arrive. »

Après avoir dit cela, Monsieur Raminet était en panne de mots. Il essuya ses lunettes pour trouver une nouvelle inspiration, mais la voix de l'infirmière murmura derrière lui :

« Il faut la laisser, maintenant.

— Déjà ?

— Oui. Le petit sac, là, c'est pour elle ?

— Oh, oui ! J'allais oublier de le lui donner ! Regardez, madame Villequier, c'est...

— Laissez-le là. Maintenant, elle va avoir sa morphine et après elle va se reposer.

— Ah, bon ! Bon, alors... au revoir, madame Villequier ! »

Gauchement, il lui prit une main sous le drap et la remua un peu. Au lieu de regarder ses yeux, il regardait sa bouche. La mort vient par la bouche. Elle avait l'effroi aux lèvres.

« Je reviendrai demain !

— J'ai... mal. » dit une dernière fois la petite bouche, avec une voix presque enfantine.

L'infirmière poussa doucement Monsieur Raminet jusque dans le couloir. Là, il fut surpris par une crise de larmes dont il eut atrocement honte.

« Pardonnez-moi, dit-il en se mouchant ; je veux voir le médecin qui la soigne. Qui est-ce ?

— C'est le professeur Fresnel. Je ne sais pas s'il est là en ce moment, mais vous pouvez toujours aller à son secrétariat. C'est au bâtiment C, deuxième étage. C'est le bâtiment qui est là, vous voyez, juste en face.

— Merci ! Merci beaucoup ! Et surtout, merci à vous, mademoiselle. »

L'infirmière eut à nouveau un faible sourire et disparut dans un bureau.

Parvenu au deuxième étage du bâtiment C, Monsieur Raminet avisa un comptoir luisant derrière lequel deux jeunes femmes en blouses blanches pouffaient de rire. L'une ne cessait de demander à l'autre:

« Tu lui as vraiment répondu ça?

— Mot pour mot!

— C'est pas vrai!

— Je te jure! »

Et elles gloussaient de plus belle. Au bout, d'un moment, Monsieur Raminet eut l'audace de leur faire remarquer sa présence.

« Hum! Excusez-moi, mesdames! excusez-moi...

— Oui, c'est pour quoi? » dit la femme la plus proche, avec une brutalité inattendue et le visage métamorphosé en un éclair: le fou rire avait fait place à une agressivité intensément inutile.

« J'aurais aimé pouvoir rencontrer monsieur le professeur Fresnel.

— Oh, alors là! Je sais pas s'il est là.

— Dans ce cas, pouvez-vous vous renseigner?

— Céline! Céline! Tu sais pas s'il est là, Fresnel? »

Ladite Céline se trouvait soudain dans la mystérieuse et urgente nécessité de compulser des fiches roses et bleues bien rangées dans des boîtes rectangulaires. Sans lever les yeux, elle répondit à mi-voix:

« Aucune idée...

— Hein?

— Aucune idée, je te dis! Pourquoi?

— Parce qu'il y a le monsieur, là, qui le demande !

— Il a rendez-vous ?

— Je sais pas ! Vous avez...

— Non, je n'ai pas rendez-vous ! coupa Monsieur Raminet, qu'une sainte impatience commençait d'animer ; je n'ai pas rendez-vous, mais je souhaiterais pouvoir l'entretenir ne serait-ce que cinq minutes !

— Oh, mais faut pas vous énerver comme ça ! Ça avance à rien, hein !

— Je ne m'énerve pas, je...

— Qu'est-ce qu'on dirait, nous, alors, qu'on est là toute la journée ! Si fallait qu'on s'énerve, ben mon vieux ! Hein, Céline ?

— Tu te débrouilles avec le monsieur ! » chantonna ladite Céline, en compulsant ses fiches de plus belle.

La température de Monsieur Raminet avait dû monter de quelques degrés. Son interlocutrice le pressentit confusément et décida de se montrer aimable :

« Faites pas attention ! Céline, vaut mieux pas aller la chercher, parce qu'on la trouve ! Et alors là, attention !

— Aussi bien n'irai-je pas la chercher ! articula distinctement Monsieur Raminet ; mon ambition se borne à rencontrer le professeur Fresnel.

— Écoutez, ce que je peux faire, c'est faire le numéro de son poste pour voir s'il est là. S'il est pas là, c'est qu'il est peut-être parti déjeuner. D'accord ? » dit-elle sur le ton qu'on adopte quand on veut faire diversion pour calmer un enfant sur le point de piquer une colère.

« Faites, je vous en prie ! » répondit Monsieur Raminet en se forçant à rester calme.

« Alors... Fresnel... 24-32... Ah ben tiens, le voilà ! »

Monsieur Raminet se retourna. Derrière lui, une sorte de petit jeune homme brun, dans un costume sombre, s'avançait d'un pas vif. On lui aurait donné vingt ans.

« Rien de spécial ? lança-t-il d'une voix douce.

— Non, monsieur. Euh... si ! Y a le monsieur, là, qui voudrait vous voir.

— Je regrette, monsieur, il faut que je m'absente maintenant, dit-il d'un ton de réel regret ; voulez-vous... demain matin ?

— Non, répliqua Monsieur Raminet, maintenant s'il vous plaît. »

Les deux secrétaires grimacèrent de dégoût devant l'effronterie de ce vieux bonhomme qui, de plus, fixant son interlocuteur droit dans les yeux, se permettait de le questionner :

« Pardonnez mon indiscrétion, mais pourriez-vous me dire si votre prénom n'est pas Georges ?

— Si, dit le jeune homme en le fixant tout autant ; et vous, seriez-vous Monsieur Raminet ?

— Mais oui ! Georges Fresnel, par exemple ! Si je m'attendais ! Ainsi donc, Hippocrate vous a détourné de Thémis ! Et vous a entraîné à Rennes !

— Oh, ça s'est fait comme ça ! repartit Georges Fresnel en souriant ; mais vous, vous venez voir quelqu'un, ici ?

— Oui ! Oui, en fait, je viens de la voir. Il s'agit de Mme Villequier. Je voudrais savoir ce qu'elle a exactement.

— Une parente ?

— Non, une vieille amie, très chère, ce serait trop long à vous expliquer... »

Tout en parlant, Georges Fresnel avait tendu la main et l'une des femmes en blanc lui remit avec empressement un mince dossier jaune. Il l'ouvrit, parcourut rapidement quelques feuillets et murmura :

« Villequier Lucienne ? C'est ça ?

— Oui » dit Monsieur Raminet, la gorge sèche.

Georges Fresnel rendit le dossier à la secrétaire et entraîna doucement Monsieur Raminet vers son bureau, au bout du couloir.

« Asseyez-vous.

— Non, je ne veux pas vous retarder !

— Asseyez-vous ! Il faut que vous sachiez que votre amie présente une pathologie sérieuse.

— Oui...?

— Le phénomène s'est généralisé depuis quelque temps et nous pratiquons un traitement... qui est le seul possible, actuellement.

— Mais, a-t-elle une chance de...

— Théoriquement, non.

— Théoriquement?...

— Cela veut dire seulement que la médecine n'est pas une science exacte.

— Je vais formuler ma question différemment: lui donnez-vous une chance?

— Je lui donne... je ne lui donne rien du tout! Nous nous battons contre un ennemi qui est plus fort et qui va plus vite que nous. La souffrance est déjà très importante et on ne peut pas lui donner plus de morphine.

— Elle souffre en permanence?

— Pratiquement, oui.

— Mais c'est monstrueux! Pourquoi... pourquoi...

— Pourquoi ne pas abréger tout cela?

— Oui. Pourquoi?

— Parce que personne ne nous y autorise. Elle moins qu'une autre.

— Elle?

— Elle veut guérir, voyons! Elle veut ne plus avoir mal, et vivre.

— Combien... de temps...

— Franchement, je ne sais pas !

— Vous avez bien un ordre de durée ! Combien de mois... ou de semaines ?

— Nous n'en sommes plus là.

— Ah...

— On ne peut pas savoir avec précision...

— Je comprends...

— Je suis désolé, Monsieur Raminet. Et si vous saviez comme je suis encore plus furieux de ne pas pouvoir... faire plus.

— Non, je comprends ! Je suis sûr que... Vous savez, Fresnel, j'ai gardé de vous le souvenir d'un étudiant, non seulement très brillant, mais encore très attachant parce que très... noble. Puis-je vous demander votre âge ?

— Trente-neuf ans.

— Oh ! Vous faites si jeune ! Et vous... vous avez une famille ?

— Oui, je suis marié avec une... une pianiste et nous avons deux enfants.

— Comme tout cela est bien ! Je suis profondément heureux pour vous. Vous méritez, j'en suis certain, le bonheur qui doit être le vôtre. Je ne vais pas vous retarder plus longtemps. Je voudrais seulement vous demander si je pourrais laisser ici mon numéro de téléphone à Saint-Malo. Au cas où... quelque chose arriverait, ce serait vraiment gentil de me prévenir.

— Donnez-moi votre numéro. Je vous préviendrai moi-même.
— Vous êtes vraiment... très chic, Fresnel ! Mais téléphonez seulement si...
— Oui, seulement. »
Dans la nuit qui suivit, Monsieur Raminet reçut à Saint-Malo le coup de téléphone.

Le Grand Bé

Ils traversèrent la plage de « Bon Secours » pour se rendre au Grand Bé. La mer s'était aimablement retirée, découvrant une multitude de rochers de toutes tailles sur lesquels s'étaient abattues des populations affamées, armées de filets, de seaux, de crochets, à la recherche de crabes, crevettes, ormeaux, bigorneaux et autres improbables comestibles marins. C'était un jour où tous les gens avaient des têtes de clown. Leurs démarches, aussi, s'appliquaient à s'éloigner de l'humain : pintades, rats, ours, autruches, carpes, se déplaçaient en tous sens en s'entrechoquant légèrement. Certains avaient des blousons légers et multicolores qui ressemblaient à des feuilles de papier barbouillées par des enfants et couverts d'inscriptions indéchiffrables. D'autres gardaient la paupière tombante et la bouche entrouverte pour effectuer des séries de déplacements imprévisibles. Tous, cassés en deux, l'œil inquiet, le poignet en alerte, défiant la glorieuse incertitude des mares, s'affairaient avec une telle ardeur qu'on eût dit que du résultat de leur expédition dépendait leur survie. C'était un magnifique après-midi.

Jane, dans toute l'insouciance de la jeunesse, se contentait d'un T-shirt, d'un jean et de tennis. Plus avisé, Monsieur Raminet disposait d'un équipement redoutable : la tête ornée d'un magnifique béret basque, les pieds serrés dans d'énorme brodequins au laçage compliqué, le ventre ceint d'une bandoulière porteuse d'une vieille paire de jumelles, il maniait avec conviction un gros gourdin noueux, sans doute pour s'aider à réussir l'escalade de la face est du Grand Bé. À Chamonix, on l'eût pris pour la réincarnation du vainqueur de la « Mère de Glace ». Quelques mouettes, d'ailleurs, lui crièrent leur admiration et, sous le coup de l'émotion, lui en donnèrent un témoignage indiscutable sur le béret.

Tandis qu'ils escaladaient côte à côte le petit chemin rocailleux, Monsieur Raminet se souvint d'un film de Hou Xiaio Xiou qu'il avait vu quelques années auparavant. Une séquence l'avait frappé. Une petite vieille mémé et un grand jeune garçon marchaient dans la campagne, chacun son baluchon sur l'épaule. Assez loin derrière eux, d'une végétation mêlée montaient des fumées bleuâtres dont les formes changeantes finissaient par se confondre avec celles des montagnes à l'horizon. De temps en temps, le jeune homme aidait sa grand-mère à franchir un obstacle du chemin et elle le remerciait d'un sourire aussi jeune et frais que son visage était fripé. Il y avait entre eux un tel amour, entre eux et la campagne une telle évidence, qu'on avait envie d'entrer dans leur histoire rien que pour le plaisir d'aller à leur rencontre et d'échanger quelques mots. Monsieur Raminet fut soudain étonné d'être occupé par ces images dans une circonstance qui, apparemment, était fort éloignée d'elles. Il se promit de se livrer plus tard à une savante analyse de ce rapprochement, mais, jetant un coup d'œil à Jane, il se dit que le couple du film ne pouvait être transposé à leur situation que si, lui, prenait la place de la petite vieille mémé, ce qui le rendit perplexe.

Ils parvinrent bientôt au sommet et découvrirent, à environ un mètre en contrebas, un morceau de granit face au large: la tombe de Chateaubriand. La fixité de la petite croix devant l'incessant mouvement des vagues et sous la course des nuages avait quelque chose de grandiose et d'attendrissant. Sans s'être concertés, ils s'assirent dans l'herbe en même temps et partagèrent un silence fait du murmure du vent dans les bruyères, du piaillement bref d'un petit oiseau et du bruit lointain du ressac. Au bout d'un moment, Monsieur Raminet eut envie de trouver quelque chose à dire:

« Vous n'avez pas froid?

— Non, » répondit Jane presque à voix basse. Les jambes repliées, les mains autour de ses genoux, elle regardait dans le vide.

« À quoi pensez-vous?

— À rien.

— Vous rêvez?

— Je me demande pourquoi il a voulu être là après sa mort.

— Ah... c'est là qu'il est né. C'est sa mer, c'est son ciel.

— Mais puisqu'il est mort...

— C'est vrai. Mais peut-être croyait-il qu'il y aurait encore quelque chose de lui-même après la mort.

— Oui... on peut croire ce qu'on veut, on ne pourra jamais savoir.

— Vous croyez quelque chose, vous, Jane?

— Non, rien. »

Elle tourna la tête vers lui:

« Ça ne fait rien! J'aime la vie, comme ça!

— Vraiment? C'est merveilleux!

— Oui. »

Ils se turent. Mais chacun se trouva dans son silence. Il y avait, entre l'autre et lui, un espace impraticable, sans aucune hostilité, bien sûr, mais inhospitalier, vide. Pour pouvoir être à nouveau réunis, il leur fallait rétablir la liaison. Chacun d'eux sentait bien qu'on n'avait droit qu'à un seul essai. En cas de réussite, tout pourrait se remettre en marche normalement. En cas d'échec, le fossé, ce fossé venu de nulle part, commencerait à s'élargir, et, très vite, le petit humain, au bord de lui-même, verrait s'éloigner l'autre rive sur laquelle son semblable, sa moitié, son pauvre amour s'égosillerait en vain en faisant des gestes qu'il ne verrait déjà plus.

Ils avaient donc tous les deux peur. Jane plus encore que Monsieur Raminet car, elle, c'était la première fois qu'elle éprouvait cette sensation de creux sec au fond d'elle-même, cette espèce de menace invisible, diffuse, toute proche, annonciatrice du pire des maux: la solitude. Quant à lui, il retrouvait l'amertume précise de certains souvenirs.

Jane le regarda en biais.

Il avait sur le front deux grosses rides. Son bâton entre ses brodequins ne bougeait plus. Derrière ses lunettes, ses yeux semblaient en panne. Alors, elle se lança:

« Pussy... tu es dans un rêve?

— Hein? non!... J'étais en train de me dire qu'il avait beaucoup voyagé, Chateaubriand. Que vous aussi, Jane. Et que moi, jamais.

— Jamais?

— Oh, une seule fois, je suis sorti de France ! Pour aller à Jersey, vous vous rendez compte !
— C'est joli ?
— Oui ! Mais ce n'est pas loin ! Et ça ne m'a pas empêché d'avoir le mal de mer pendant toute la traversée !
— Oh, pas de chance ! Il y avait la tempête ?
— Pas du tout ! Le calme plat ! J'étais tout seul à être malade !
— Quel dommage !
— Oui... si on veut ! Tout le monde me regardait, je ne pouvais même pas me cacher quelque part !
— C'est affreux ! Et il y a longtemps ?
— Oui, très longtemps. Le bateau s'appelait *Le Falaise*. C'était un voyage organisé par l'université où j'étais professeur.
— Et depuis, tu n'as pas...
— Non ! Jamais ! Je ne suis jamais remonté sur un bateau et je n'ai jamais pris l'avion. Ce n'est pas très courageux, vous ne trouvez pas ?
— Je ne sais pas. Tu as peur ?
— Oui ! Oui, j'ai peur, et j'ai peur de tout ! Ce n'est pas le mal de mer que j'ai eu sur le bateau, c'était la peur. Rien que la peur.
— En auto, tu n'as pas peur !
— Mais si ! Si j'ai acheté cette voiture, c'est parce que j'ai voulu me prouver que... oh, c'est

affreux! Je ne suis qu'un médiocre! Laid et médiocre, voilà!

— Qu'est-ce que c'est "médiocre"?

— Ah! consultez un dict... pardon! Non! Oui! Je vais vous répondre! »

Il arracha ses lunettes et les essuya violemment tout en pensant: « C'est indigne! Se comporter ainsi devant la tombe de Chateaubriand! Ce n'est certes pas d'un gentilhomme! »

« Voilà: être médiocre, c'est n'être pas un gentilhomme. C'est être petit. C'est n'avoir rien fait de sa vie. Rien créé. Rien donné aux autres. Inutile et... ridicule. C'est ça! Ridicule! Être médiocre, c'est être ridicule!

— Pussy! Ce n'est pas exact! Les personnes ridicules, c'est les personnes qui se regardent toujours et qui ne se voient jamais.

— Vous croyez? » dit Monsieur Raminet, frappé par cette réplique. En même temps, Jane lui avait ôté son béret et elle lui passa son mouchoir sur le front. Il ferma les yeux de bien-être. Puis, il les rouvrit et murmura:

« Vous êtes extraordinaire, Jane. Vous êtes si jeune et, en même temps, vous donnez l'impression d'avoir si longtemps et si bien vécu! Vous avez toujours le geste qu'il faut, le mot juste... J'envie, assurément, l'homme qui sera votre époux et ceux qui auront la chance d'être vos

enfants! Quelle épouse, quelle mère vous ferez! »
Elle le contempla un instant avec un petit air sérieux, puis elle lui remit son béret et, d'un ton autoritaire:
« Allez! On rentre! »

Le départ

Il pleuvait. La ville économisait ses bruits, ses lumières, ses passants. L'air était doux comme un buvard, offert à l'invasion silencieuse de la nuit. Quelques voitures glissaient vers le port où les eaux, tenues immobiles, reflétaient de rares loupiotes. Côté plage, c'était la marée montante et les explosions tamisées des grandes vagues. Comme cela se produit souvent à Saint-Malo, l'hiver tapi quelque part avait ressurgi pour quelques heures. Il s'était mis à rôder un peu partout, comme s'il avait oublié quelque chose. Dans le hall de la gare maritime, des voyageurs se retournaient sur un couple particulier ; elle, une fille superbe au visage rayonnant ; lui, un petit gros chauve avec une tête de bébé. Ils étaient assis sur une banquette et se tenaient les mains. Ils semblaient se parler doucement. Soudain, le petit homme sortit sa pochette et essuya quelque chose sur la joue de la fille superbe. Puis, aussitôt après, il essuya ses lunettes fébrilement en gardant les yeux baissés. Il bredouilla :

« Jane, qu'est-ce que... pourquoi...

— Tu es sûr que tu veux pas partir avec moi, Pussy ?

— Oui. Cela vaut mieux, car... Oh, Jane, ne pleurez pas ! Voyez, vous êtes complètement stupide, vous me faites pleurer aussi !

— Tu sais, Pussy, j'ai fait le tour de la terre, j'ai rencontré beaucoup de personnes et je les ai quittées, mais là, à cause de toi, je pars et je me sens seule pour la première fois. Pourquoi ?

— Je ne sais pas, je ne sais pas.

— Pourquoi ? Dis pourquoi ! Et remets tes lunettes !

— Vous n'êtes pas seule, Jane ! Vous ne serez jamais seule ! Vous êtes tellement, tellement... vivante ! Vous avez le monde entier avec vous ! Vous êtes... vous êtes belle !

— Tu vois : personne ne me parle comme toi ! Pussy, c'est avec toi que je suis bien.

— Mais... d'abord je suis laid et vieux, et je ne dis que des banalités, et...

— Je ne m'ennuie jamais avec toi.

— Mais il n'y a pas que moi ! Allons, voyez : les gens nous regardent. Ils doivent penser que je suis votre père et...

— Oh, alors il ne faut pas leur laisser croire un mensonge ! »

Et d'un seul mouvement, elle lui prit la tête dans ses mains, l'embrassa sur la bouche et se colla à lui avec tous les signes extérieurs de la plus extrême sensualité. Sa victime pensa d'abord étouffer, puis, trouvant une respiration commune, pris de bonheur et de désespoir, lui enlaça la taille et lui rendit ses baisers. La banquette de la gare maritime était un tapis magique qui les emportait très loin, et c'est en pure perte qu'une dame au visage gonflé dit à son mari en parlant devant eux :

« Y doit y en avoir des sous qu'elle lui fasse ça ! »

Quand ils furent épuisés, ils desserrèrent leur étreinte et s'écartèrent un peu pour mieux se voir.

« Il y a aussi quelque chose qui me manquera, dit Jane.

— Oui ? s'enquit prudemment Monsieur Raminet.

— C'est ta langue.

— Ma langue ? Oh ! » chuchota Monsieur Raminet, qui n'osait pas croire ce à quoi il pensait. Il se risqua :

« Et pourquoi ?

— Parce que, en français, on appelle les choses avec des mots si beaux !

— Ah!... Vous savez, vous dites ça parce que, pour vous, les mots français ont encore le charme de la nouveauté.

— Non! Toute ma vie, je penserai qu'ils sont les plus beaux.

— Quels mots, par exemple?

— "Voile", "fauteuil", "s'endormir", "indicible", "rivière", "toujours", "champignon"...

— Quelle série! interrompit Monsieur Raminet pour masquer la brusque émotion qui venait de l'envahir; c'est la musique de ces mots qui vous plaît?

— Oui, parce que la musique est exactement comme l'idée.

— Oh, ça!... donnez-moi un exemple. »

Il se surprit à retrouver soudain le ton sévère qu'il adoptait quand il voulait contraindre un étudiant à aller jusqu'au bout d'un raisonnement. Il en eut presque honte, mais Jane s'exécuta de bonne grâce:

« Par exemple... "chat". C'est une seule note, mate, fermée, complète, impénétrable, qui dit le silence, le mystère. C'est le chat.

— Quel vocabulaire! »

Monsieur Raminet la contempla un instant. Et comme c'était un vieil imbécile d'universitaire, son cœur de grisette était tout chaviré. Il bégaya:

« Oh, Jane!... je... je repenserai souvent à ce

que vous venez de dire... là... c'est comme un merveilleux cadeau que... »

Il ôta ses lunettes, essuya ses yeux avec sa pochette, essuya ses lunettes, réessuya ses yeux, se moucha et, du coup, ne sut plus quoi faire de sa pochette. Jane la lui prit doucement:

« Ça, c'est pour moi. C'est mon cadeau de toi.
— Mais... je me suis mouché dedans!
— Chut! C'est une petite poignée de larmes. »

Ils se regardèrent. Chacun but dans les yeux de l'autre son propre désordre. Chacun chercha une dernière fois ce qu'il avait à donner, et chacun détourna la tête, bredouille.

Jane se leva et partit très vite. Monsieur Raminet sortit de la gare maritime.

Il sut alors qu'il se trouvait dans le pays qu'il avait longtemps attendu et qui l'avait longtemps attendu. Il sut aussi si bien s'y prendre qu'il reçut de plein fouet les premières gifles de septembre. Celles qui sont courtes et fortes, qui vous attendent quand on pousse une porte trop lourde qui ne donne que sur la nuit et sur le froid.

Au moment de remonter en voiture, il fut accosté par un grand jeune homme mou. Par devant, lui pendait une barbe; par derrière, une guitare.

« Vous allez au Mont-Saint-Michel? »

Cette voix douceâtre...

« Non, je regrette.
— Vous êtes sûr...? »

Ce ton endormi...

« Parfaitement sûr! Je rentre chez moi!
— Ah, bon... »

Oh, ce chewing-gum! Momentanément neutralisé, et qui venait de réapparaître! Ils se reconnurent en même temps. Au bout de deux piachements, la bouche de Bob béa. Ils étaient d'ailleurs aussi surpris l'un que l'autre. Ils restèrent une longue minute face à face, les yeux dans les yeux. Monsieur Raminet se cramponnait à sa portière ouverte. Il y avait dans le regard de Bob une lueur mauvaise qui remplaçait très rapidement l'incrédulité. Monsieur Raminet était noué de peur. Bob parut hésiter, puis il mâcha un grand coup son chewing-gum avant de lâcher un ordre bref:

« Okay: on s'est jamais revu, d'accord? »

Monsieur Raminet fit aussitôt un petit signe de tete qui déclencha chez l'autre une grimace de satisfaction. Il tourna les talons et disparut dans l'obscurité.

« Il n'a pas changé » se dit Monsieur Raminet. C'est une grande naïveté des vertueux de croire à l'universalité du remords. C'est une sorte d'orgueil, chez eux. Orgueil très répandu, car c'est aussi une grande naïveté des méchants de croire à la naïveté des vertueux. Monsieur Raminet s'assit au volant, claqua la portière et poussa un énorme soupir. Machinalement, il chercha sa pochette. Il se rappela qu'elle serait désormais absente et il renonça à s'essuyer les lunettes. Quand il se décida à démarrer, il se rendit compte avec dégoût qu'au cœur même de son humiliation, il goûtait le plaisir du soulagement. En revenant chez lui, il eut l'impression de se lover contre le flanc des choses dans le mouvement du monde. La nuit était passablement obscure. Il avait toujours vécu seul, mais ce soir-là fut son premier soir de solitude.

Peu à peu, il changea un peu.

La visite

On n'était plus très loin de l'équinoxe d'automne. En Bretagne, il marque une sorte de grand départ : les éléments basculent dans un registre plus grave ; les parfums, les bruits, la lumière du monde prennent une résonance inattendue ; des coups de vent brusques viennent fouetter çà et là tout ce qui se présente ; ils scalpent la cîme des arbres les plus exposés et font grincer leurs troncs ; ils chassent les hirondelles, font gémir les cheminées, gronder les vagues, siffler le sable des grèves et, multipliant leurs forfaits, annoncent les grands thèmes des futures tempêtes. Une fraîcheur nouvelle, dès le matin, relègue l'été au rang d'un souvenir.

Monsieur Raminet était plongé dans l'étude d'une facture d'électricité lorsqu'on sonna. Il regarda par la fenêtre et aperçut, derrière la porte de la grille, un jeune homme qui observait une contenance... plutôt timide, mais qui, cependant, à n'en pas douter, était bien Bruno. En allant lui ouvrir, Monsieur Raminet eut un petit sourire rien que pour lui-même.

Depuis sa soirée chez les Frachon, il attendait cette visite. Il l'espérait et l'appréhendait. Il en escomptait une sorte d'éclaircissement, peut-être des excuses. Mais de quel droit? Et quelle était donc sa position réelle vis-à-vis de Jane pour qu'il pût ainsi se draper dans une inopportune dignité vis-à-vis d'un soupirant éconduit? Ne s'était-il d'ailleurs pas vengé le soir-même de ce rival, qu'il n'avait découvert être tel que par l'aveu de Jane, par lequel il avait été scandalisé et rassuré? Était-ce bien au surplus une vengeance, cet acte inespéré, merveilleusement inopiné, tristement unique, qu'il n'avait pu commettre que sur l'invitation de Jane et qui succédait à un manque dont dut souffrir son prédécesseur? Finalement, cette visite l'intéressait. Il serra donc la main de Bruno avec une cordialité non feinte car, aussitôt qu'il le revit, la sympathie prit le pas sur toute autre considération.

« Je ne vous dérange pas? J'aurais dû m'annoncer, mais...

— Pas du tout, voyons! Entrez! Asseyez-vous!
— Merci.

— Alors, les vacances se terminent ? »

Mon dieu, comme il pouvait être bête de dire des choses pareilles !

Comme façon d'engager la conversation, c'était brillant ! Bruno sourit faiblement :

« Oui. Je rentre demain à Paris.

— Ah ! Bien ! Très bien ! »

Sa réponse ne voulait rien dire. Comment pouvait-il être aussi stupide !

« Monsieur Raminet...

— Oui ?

— Je suis venu...

— Oui...

— Je suis venu vous présenter mes excuses. »

Monsieur Raminet se mit à se tortiller sur son siège.

« Des excuses ? Mais pourquoi donc ? À moi ? Pourquoi, vraiment ? Des excuses... mais non ! C'est trop, voyons ! Je veux dire... je ne comprends pas ! »

Est-ce qu'il allait se taire, oui ? Il était parfaitement ridicule, il le sentait bien ! Bruno esquissa un geste et Monsieur Raminet cessa de se tortiller.

« Oui, des excuses. Je vous en prie, laissez-moi vous dire pourquoi. Ce n'est déjà pas très facile pour moi.

— Eh bien, soit ! Je vous écoute.

— Quand vous êtes venu chez mes parents, je me suis conduit comme un mal élevé. Je suis sûr

que Jane ne vous a rien dit, elle est tellement... tellement bien ! Mais il faut que vous sachiez que pendant que vous étiez en train de parler avec mon père, moi, j'étais avec elle, et j'ai essayé de... vous comprenez, on était dans ma chambre !
— Ah.
— Et... elle n'a pas voulu, alors ça m'a rendu furieux, tellement j'étais jaloux !
— Jaloux ?
— Oui, de vous ! Je sais que c'est idiot ! Mais depuis que je vous avais vu avec elle, je m'étais imaginé des tas de trucs !
— Vraiment ? »
Monsieur Raminet ne put s'empêcher d'éprouver de la fierté, fût-elle du plus bas étage !
« Oui ! Et comme elle ne voulait rien me dire, je n'en pouvais plus ! Ce n'est qu'après, quand je lui ai téléphoné, que j'ai compris !
— Compris quoi ?
— Qu'elle m'en voulait à moi d'avoir gâché sa soirée et... que vous étiez son ami, sans plus. Un ami "formidable", c'est ce qu'elle m'a dit.
— Oui. Oui, oui... Mais il y a une chose que je ne comprends pas : si vous estimez vous être mal conduit, ce ne peut être que vis-à-vis d'elle, alors...
— Non ! Vis-à-vis de vous, aussi ! Je m'en veux d'avoir pu supposer une seconde que vous... que vous et elle...

— … "ayez pu avoir un contact charnel", c'est ce que vous vouliez dire ?

— Ah ! Ah ! Oui ! Oui, comme vous dites ! »

Bruno n'avait pu s'empêcher d'éclater d'un petit rire nerveux. Monsieur Raminet était légèrement crispé. Il retira ses lunettes, les remit aussitôt sur son nez et commença avec une certaine emphase :

« Eh bien, mon cher ami, sachez que contrairement à ce que vous pensez… »

Bruno buvait ses paroles, les yeux écarquillés. Monsieur Raminet vit devant lui un enfant de dix ans, lavé de toute souillure par l'aveu courageux de son ignominie, et dont le regard était redevenu neuf. Il flancha. Son emphase se fit douceur et c'est presque en murmurant qu'il commit le premier mensonge de sa vie :

« … contrairement à ce que vous pensez, un homme mûr et une jeune fille peuvent éprouver l'un pour l'autre une amitié profonde et sans équivoque, même si tout les sépare. Remarquez que si cette amitié existe, c'est que tout ne les sépare pas. Il doit y avoir un lien mystérieux qui crée entre eux ce type de rapport. Il est si mystérieux que je ne saurais vous en dire plus. Laissons cela aux savants, aux spécialistes !

— Vous avez raison ! » dit Bruno en souriant de toutes ses dents. Et il y avait dans ce sourire tant de joie retrouvée que Monsieur Raminet se sentit tout d'un coup très vieux.

Bruno changea de sujet:

« Mon père m'a dit de vous demander si vous n'avez besoin de rien.

— Transmettez à votre père mon bon souvenir et dites-lui que sa sollicitude m'étonne autant qu'elle me touche.

— Vraiment, vous...?

— Écoutez: plus je vis tranquillement, plus je m'enfonce dans l'étrangeté du banal avec un étonnement ravi. »

Il observa une petite pause et sourit imperceptiblement en pensant à ce qu'il allait dire, tant le second mensonge est toujours plus aimable que le premier:

« J'ai un peu voyagé, comme tout le monde, quand j'étais jeune. Je croyais que j'avais envie de connaître d'autres pays, l'Europe, l'Inde, l'Amérique du Nord; en fait, j'allais ailleurs pour essayer d'être un autre. Peu à peu, j'ai fini par m'accepter, disons: me tolérer, et le goût du voyage m'a passé. Le croirez-vous? Je m'émerveille chaque jour devant mon petit environnement. Je me ratatine dans un coin, avec ou sans livre, pour me liquéfier dans les délices de l'insignifiance; je me dépouille de mon corps, je laisse tomber mon nombril, je deviens couleur de muraille; je deviens muraille et je transfère mon destin dans une partie de matière pour que le cosmos s'en charge une fois pour toutes. Alors, êtes-vous convaincu que je n'ai besoin de rien? »

Bruno se leva.

« Avant de m'en aller, je voudrais vous demander un conseil.

— Hum...! Jadis, quelqu'un que j'admirais beaucoup m'a dit: "Je ne donne jamais de conseils, j'émets parfois des avis."

— Est-ce que ce serait bien que je lui téléphone? »

Monsieur Raminet le regarda un instant, avant de répondre d'une voix lasse:

« Je ne sais pas. Les affaires de cœur, je n'y connais rien.

— Oh, vous dites ça, mais...

— Si, si! Allez, je vous raccompagne. »

Ils longèrent le couloir jusqu'à l'entrée. En tendant la main, Bruno dit d'un ton précipité:

« Il paraît que vous vous êtes connus grâce à l'auto-stop... Je ne peux pas croire que...

— Ne soyez pas trop curieux, vous gâteriez tout. »

Sur ces dernières paroles, Monsieur Raminet referma la porte sur son visiteur interloqué. Puis, il revint dans son petit salon, à la fois fatigué et mécontent. De la fenêtre, il vit Bruno pousser la grille et s'éloigner, les mains dans les poches, à pas lents.

« Je ne lui ai rien offert à boire… » se dit-il, sans se sentir coupable pour autant.

Les jours toujours

Il avait toujours cru que sa retraite aurait été consacrée à l'investigation de l'esprit humain, à commencer par le sien propre. Une investigation longue, circonspecte, méthodique et, surtout: quotidienne. Il voulait à son tour tenter d'en percevoir les mécanismes, les compartiments, peut-être les pulsions. Il s'était promis des voluptés sans fin dans de longues heures passées à dénicher à sa façon, indépendamment des domaines du droit, de la philosophie et de l'affectivité, à la fois peu sûrs et trop fréquentés, le territoire de la Raison. Territoire qui restait à conquérir et à préserver car les impuretés, à l'instar du naturel, à peine chassées, y revenaient au petit trot. Il était à la fois trop humble et trop érudit pour ignorer tout ce qui avait déjà été illustrement pensé sur ce sujet, mais il était habité par la sourde certitude que toute entreprise individuelle n'est jamais vaine quand il s'agit de décrire les moyens de la Connaissance sans se borner à en tracer les limites. Il avait toujours cru que sa retraite aurait été une suite de jours dont il aurait défini le contenu. Il avait pensé l'emploi idéal du temps. Il avait déjà songé à un essai qu'il intitulerait *Le Négligé de soi*.

Or, voilà qu'il était bousculé dans ses projets, contrarié dans ses désirs et, tel une stérile imitation de Faust, enclin à déplorer la perte de sa jeunesse, ce qui le rendait sujet à des rêveries imprévisibles, mélancoliques et tendres. Son comportement en fut altéré. Il lui arrivait ainsi de relever le nez du livre dans lequel il croyait être plongé pour aller à la fenêtre. Il regardait passer les voitures et les nuages puis, après s'être sermonné à mi-voix, il ne regagnait sa table de travail qu'après avoir effectué un crochet par la cuisine pour s'y confectionner une tartine de beurre. Il était rempli d'une confusion intérieure qui morcelait sa concentration. Il prenait ces interruptions pour de l'oisiveté et il faisait tous ses efforts pour mépriser le plaisir qu'il y trouvait. Mais il ne pouvait nier la présence, au creux de lui-même, d'une petite joie, sans motif, sans objet, sourde, tenace, dont le mystère le passionnait. À cause d'elle, il était devenu méconnaissable. Il avait fini de prendre ses désirs pour des réalités, il entretenait la réalité de ses désirs. Si quelqu'un avait demandé ce qu'il faisait là, tout seul dans son coin, on eût pu lui répondre : « Il tire sur lui, lentement, le drap du silence jusqu'au menton. »

En fait, il guettait d'autres signes. Il croyait parfois percevoir comme les échos des très anciens cortèges qui se formaient derrière un joueur de flûte. Pris dans l'accumulation des jours, se sentant chaque matin différent, puis lamentablement semblable, se tournant et se retournant dans le même flot, remué, verdâtre, qui appuie toujours sur le temps pour s'écouler, dans un vacarme creux comme une façade, au sommet d'une pyramide de vide, « à quoi je rime ? » se demandait-il. Et la certitude de ne jamais trouver de réponse à cette question lui procurait une jouissance sans mélange. Il songea de nouveau à écrire. Écrire les gargouillis. Les gloussements. Les lâchés. Les émis. Les étouffés. Les criés. Les ravalés. Puis, il retombait dans un discours intérieur fait de bribes qu'il n'aimait pas : « Il faudrait que je. Que je me trouve... un ami. Un ami qui. Qui rien. » La débâcle reprenait. Il y avait des sursauts.

Un jour, il se moucha. Il se rendit compte qu'il se mouchait toujours de la même façon : d'abord, le mouchoir à peine posé sur les narines, trois expirations préparatoires, légères, juste pour amorcer ; puis, l'appendice soudain pris en tenaille, deux sons de trompe, violents, déchirants ; enfin, dans un silence solennel, un travail de fouille, méticuleux, savant ; puis, enfin, après avoir rengainé le mouchoir, une brève séance de froncements et d'étirements, pour tester la souplesse reconquise de l'arête et des ailes. Il trouva tout cela très satisfaisant mais ennuyeux, et il ressentit une grande fatigue.

Un autre jour, il reçut la visite, dans le jardin, d'un chat de passage. Un grand chat tigré. Il crut reconnaître le chat de Loïc. Il n'avait rien à lui donner et il se contenta de l'appeler en faisant des petits bruits avec ses lèvres. Le chat, qui marchait à pas comptés sur le mur de granit, stoppa net, toisa Monsieur Raminet une demi-seconde et, se décidant brusquement, dégringola à ses pieds. Il se mit à se frotter contre ses jambes si vigoureusement qu'il faillit le faire tomber. Puis, dans un miaulement rauque, il bondit sur le mur et disparut de l'autre côté, laissant Monsieur Raminet figé dans le bonheur. Parfois, la vie n'est rien d'autre que quelques petites choses qui s'offrent, en passant, pour être aimées pendant un moment. On se met à les prendre avec force, avec une passion démesurée. On se dit qu'on va encore avancer, encore un peu, sur ce qu'on appelle un chemin et qui est plutôt les broussailles de la vie. La vie qui, dans ces moments-là, paraît simple et à laquelle on tient.

Il avait envie d'en faire un livre. Pas trop long. Qui se terminerait par une grappe de mots opaques, pleins, sourds, genre adverbes courts ou substantifs rébarbatifs. Des mots minéraux, pour que le livre, à la fin, soit bien bouché, et qu'on puisse le jeter à la mer, et que, de vague en vague, il prenne tous les courants avant d'aborder, d'accoster, de s'échouer, de se coincer, de trembler, de repartir, de danser, en ivrogne obstiné, en éternel ballot.

La grande plage

Monsieur Raminet était en train de ne pas réussir à manger une pêche sans faire couler le jus sur sa chemise lorsque la sonnerie du téléphone le fit sursauter. Il s'essuya rapidement et décrocha.

« Allô, Pussy ?
— Jane ! Ça alors ! C'est vous ?
— Bonjour !
— Bonjour ! Où… où êtes-vous ?
— Chez moi.
— À… Los Angeles ?
— Oui ! Je viens de me réveiller et j'ai besoin de te parler.
— Ah ! Qu'y a-t-il ?
— Rien. Je désire parler avec toi. Je te dérange ?
— Pas du tout ! Pas du tout !
— C'est vrai ?

— Mais oui !

— Oui, je te dérange !

— Mais non !

— Qu'est-ce que tu faisais quand le téléphone a sonné ?

— Mais rien ! Absolument rien !

— Si ! Dis !

— Mais non ! Ça n'a aucun intérêt !

— Dis !

— Eh bien, je... j'étais en train de manger un fruit.

— Ah !

— Vous voyez, c'est ridicule ! Parlez-moi de vous ! Tout va bien ?

— Oui. Je vais peut-être me marier.

— Pas possible !

— Si, c'est possible ! Avec un avocat.

— C'est merveilleux !

— Tu aimes les avocats ?

— Non ! Je veux dire : vous devez être très heureuse à l'idée de vous marier.

— Je ne sais pas. Je ne suis pas encore décidée. C'est mon père qui veut. Tiens, je lui ai parlé de toi, à mon père. Il dit que tu es un type formidable. Il veut que tu écrives la publicité pour ses machines. Alors j'ai dit que ça ne t'intéresse pas.

— Oui... vous avez bien fait.

— Il a dit: cent mille dollars. J'ai dit: même pour un million de dollars, ça ne t'intéresse pas.

— Absolument! Bravo!

— Dis, ton ami Loïc, il est mort?

— Loïc? Oui, je crois. Vous avez su?

— Oui, à la T.V.

— Ah oui, naturellement!

— Tu as du chagrin?

— Euh... je ne sais plus. Non, je ne crois pas.

— Pussy...

— Oui?

— Si j'étais avec toi, maintenant, tu voudrais m'embrasser?

— Oh... sûrement!

— Je suis contente!

— Moi aussi. Je veux dire...

— Maintenant, je vais dans la piscine. Au revoir, Pussy!

— Oui. Au revoir, Jane! »

Il reposa l'écouteur et se leva pour aller à la fenêtre. Il regarda dans le vide un long moment. Puis, il reprit un numéro d'*Ouest-France* vieux de quelques jours. Il relut pour la centième fois l'entrefilet sur lequel il avait laissé le journal replié:

On vient enfin de retrouver à la dérive l'épave du voilier de Loïc de Trémigon. Quant au célèbre navigateur, il est porté définitivement disparu. Dans une bouteille accrochée au sommet du mât, on a décou-

vert un papier, contenant ce curieux message, digne du caractère toujours excentrique de son auteur:

« *Bonjour, mon canard! Tu es bien la seule personne qui écoute ce qu'on lui dit! C'est pour cela que j'ai envie de te parler une dernière fois. À l'arrivée du violoncelle, comme un souvenir dans le noir, quelque chose a bougé. Je n'ai rien vu. Seulement perçu un léger bruissement. Des ailes qui auraient hésité à se déployer. Pourquoi, alors que tant de douceur m'envahit, suis-je encore navré? Bêtement, protocolairement navré. Maintenant, il faut que je m'arrange pour mourir. Ça prendra un peu de temps. Mais ça sera fait quand tu liras ça dans un canard, mon canard.* »

Monsieur Raminet froissa le journal et le glissa dans la petite cheminée, sous le bois qui attendait. Il retourna à la fenêtre. Ce fut à Jane qu'il songea. Encore une fois. Et, enfin, lui vint cette évidence: Jane n'aurait été finalement qu'une rencontre. Un souvenir de plus qui allait grossir la quantité de rencontres, de souvenirs qu'il avait collectionnés au cours d'une simple existence; qui composait en lui une foule indisciplinée d'images et de murmures, dont les éléments, à l'heure où il posait sa joue sur l'oreiller, se déposaient les uns après les autres derrière ses paupières comme les strates intimes de la solitude. Si quelqu'un lui avait alors demandé: « Quels sont vos projets? », il aurait répondu: « Être très fatigué longtemps. »

Il quitta la fenêtre, traversa son petit salon et alla se regarder dans la glace. Il prit tout son temps. C'était toujours la même chose: il y avait un effet de surprise désagréable; puis, on s'arrangeait imperceptiblement avec la vision insolente pour l'amener à une occupation pacifique du cadre; puis, posément, on se trouvait laid, de plus en plus, et à des endroits de plus en plus nombreux, à cause de changements aussi imprévisibles que désastreux; puis, insidieusement, par une contre-attaque muette, venue des replis du cerveau et des recoins du cœur, on continuait à s'aimer. On prenait congé de soi sur une sorte de cessez-le-feu. Avec dégoût. Avec ennui, mais on ne se serait pas troqué contre un autre pour un empire.

Le temps passa.

Un jour, le soir tomba. Monsieur Raminet fut pris d'une irrésistible envie de sortir. Il traversa l'avenue Pasteur, dont les lampadaires venaient de s'allumer, et monta la rue Fuentes en affrontant le vent froid de novembre. Une mouette, perchée sur la cheminée d'une villa, poussa un cri rauque. Parvenu au bord de la digue, il s'immobilisa. La mer était à mi-grève. Elle moutonnait d'un air menaçant et tissait, sur toute la longueur de la plage, des remparts jusqu'à Rochebonne, une lisière écumante. Sur le sable, le vent faisait filer de longs serpents furieux. Le ciel était peuplé de géants. Gris-noir, perle, rarement blancs, ils glissaient rapidement, pris dans un grand courant silencieux, mêlant l'espace d'une rencontre leurs ourlets roses ou violets. Ils connaissaient des boursouflures périphériques qui précédaient de peu de lumineuses éclosions. Parfois se produisait une déchirure qui faisait surgir des golfes bleu et vert, si purs, si transparents qu'ils semblaient à tout jamais inaccessibles à la nuit.

Le petit homme, seul sur la digue, regardait de toutes ses forces, écoutait, reniflait, gonflait ses poumons, chancelait. Il se força, pour le plaisir, à penser à Jane un court instant. Il l'imagina vaguement dans le luxe ensoleillé de sa résidence, juste ce qu'il fallait pour augmenter encore sa volupté d'être là, petite flamme prise dans le vent d'ouest qui redoublait de violence comme s'il eût voulu relever un amical défi. Monsieur Raminet se jura de venir ici tous les jours, pour regarder et respirer; tous les jours, pour retrouver cette saveur salée qui imprégnait l'espace; tous les jours, pour prendre ce qui était offert dans cette éternelle abondance; tous les jours, jusqu'au moment où, gagné par des frissons encore plus violents que ceux-là, il se dépouillerait de sa petite écorce pour disparaître aussi naturellement, aussi simplement que le soleil, visible ou invisible, se laisse descendre dans la mer.

TABLE DES MATIÈRES

Le départ 9
L'arrêt 17
Les anges 22
Un autre ange 31
Conservation 40
Un démon 49
Le combat 57
L'étape 65
Souvenir 75
De Combourg à Saint-Malo 83
Un dîner chez les Bagot 88
Le night-club 100
Le foyer des Ajoncs 109
Sur les remparts 117
Loïc de Trémigon 127
La planche à voile 139
Une soirée chez les Franchon . . . 150

TARDIF COÏT	163
LE JOUR SUIVANT	175
LA MORT DE Mme VILLEQUIER	183
LE GRAND BÉ	199
LE DÉPART	207
LA VISITE	214
LES JOURS TOUJOURS	222
LA GRANDE PLAGE	227

Catalogue Motifs

N. Afanassiev, *Contes érotiques russes* (n° 153)
Dritëro Agolli, *L'Homme au canon* (n° 54)
Sabahattin Ali, *Youssouf le taciturne* (n° 54)
Martin Amis, *Le Dossier Rachel* (n° 1)
Ivo Andric, *Omer Pacha Latas* (n° 90)
  Titanic et autres contes juifs de Bosnie (n° 127)
  L'Éléphant du vizir (n° 144)
  La Chronique de Travnik (n° 170)
David Angevin, *Une année sans ma femme* (n° 167)
Reinaldo Arenas, *Adiós a Mamá* (n° 42)
Kjell Askildsen, *Les Dernières Notes de Thomas F.* (n° 41)
Margaret Atwood, *Faire surface* (n° 5)
  La petite poule rouge vide son cœur (n° 95)
Mariama Bâ, *Une si longue lettre* (n° 137)
Paul Bailey, *Pension Jérusalem* (n° 114)
Xavier Bazot, *Chronique du cirque dans le désert* (n° 156)
Roland Bechmann, *L'Arbre du ciel* (n° 97)
Mongo Beti, *Remember Ruben* (n° 120)
  La Ruine presque cocasse d'un polichinelle (n° 180)
Henri-Frédéric Blanc, *Le Lapin exterminateur* (n° 87)
Alessandro Boffa, *Tu es une bête, Viskovitz* (n° 160)
Patrick Boman, *Le Palais des Saveurs-Accumulées* (n° 6)
  Trébizonde en hiver (n° 175)
Tanella Boni, *Les Baigneurs du lac Rose* (n° 151)
Carmen Boullosa, *Duerme, l'eau des lacs du temps jadis* (n° 70)

Emmanuel Bove, *Cœurs et visages* (n° 149)
Anthony Burgess, *La Folle Semence* (n° 131)
    Du miel pour les ours (n° 147)
Nangala Camara, *Le Printemps de la liberté* (n° 115)
Nick Cave, *Et l'âne vit l'ange* (n° 108)
Gianni Celati, *Aventures en Afrique* (n° 182)
John Cheever, *Falconer* (n° 82)
    L'Ange sur le pont (n° 163)
Ook Chung, *Nouvelles orientales et désorientées* (n° 73)
Guillaume Clémentine, *Le Petit Malheureux* (n° 77)
N.D. Cocea, *Le Vin de longue vie* (n° 116)
J.-M. Coetzee, *Au cœur de ce pays* (n° 74)
Velibor Colic, *Les Bosniaques* (n° 10)
    Chronique des oubliés (n° 31)
Raphaël Confiant, *Mamzelle Libellule* (n° 110)
Florent Couao-Zotti, *L'Homme dit fou et la mauvaise foi des hommes* (n° 141)
Raymond Cousse, *Stratégie pour deux jambons* (n° 27)
Edilberto Coutinho, *Onze au Maracana* (n° 7)
Andrew Crumey, *Pfitz* (n° 129)
Georges Darien, *Biribi* (n° 55)
Anne Devlin, *La Voie ouverte* (n° 140)
Carl de Souza, *La maison qui marchait vers le large* (n° 136)
Boubacar Boris Diop, *Le Temps de Tamango* (n° 158)
Stephen Dixon, *Work* (n° 179)
Emmanuel B. Dongala, *Jazz et vin de palme* (n° 39)
    Les petits garçons naissent aussi des étoiles (n° 112)
    Le Feu des origines (n° 139)
José Donoso, *Ce Lieu sans limites* (n° 69)
Dominique Fabre, *Ma vie d'Edgar* (n° 159)
Lygia Fagundes Telles, *Un thé bien fort et trois tasses* (n° 17)
    L'Heure nue (n° 36)
    La Structure de la bulle de savon (n° 68)
Nuruddin Farah, *Territoires* (n° 102)

    Née de la côte d'Adam (n° 111)
    Dons (n° 162)
Trevor Ferguson, *Train d'enfer* (n° 94)
    La Ligne de feu (n° 165)
Timothy Findley, *Guerres* (n° 13)
    Le Dernier des fous (n° 34)
    Nos adieux (n° 104)
Theodor Fontane, *Ellernklipp, la roche maudite* (n° 126)
Jean Galmot, *Un mort vivait parmi nous* (n° 23)
    Quelle étrange histoire (n° 29)
Bruno Gibert, *Claude* (n° 181)
Natalia Ginzburg, *La Mère* (n° 75)
Didier Goupil, *Femme du monde* (n° 166)
Étienne Goyémidé, *Le Dernier Survivant de la caravane* (n° 60)
Romesh Gunesekera, *Récifs* (n° 88)
Abdulrazak Gurnah, *Paradis* (n° 93)
Còstas Hadziaryìris, *Le Peintre et le Pirate* (n° 19)
Wilson Harris, *Le Palais du paon* (n° 9)
John Hawkes, *Le Gluau* (n° 65)
Hilda Hilst, *Contes sarcastiques* (n° 76)
Sun-Won Hwang, *La Petite Ourse* (n° 79)
Monique Ilboudo, *Le Mal de peau* (n° 123)
Yasushi Inoué, *Une voix dans la nuit* (n° 128)
Jabra Ibrahim Jabra, *Le Premier Puits* (n° 177)
Schiller Jean-Baptiste, *Et si on envahissait les USA ?* (n° 155)
Jennifer Johnston, *Un homme sur la plage* (n° 101)
    La femme qui court (n° 119)
    Les Ombres sur la peau (n° 142)
    Un Noël blanc (n°185)
Tayama Kataï, *Futon* (n° 103)
Takeshi Kitano, *Asakusa Kid* (n° 133)
Mickael Korvin, *New Age Romance* (n° 106)
Ciril Kosmac, *La Ballade de la trompette et du nuage* (n° 98)
Yanagita Kunio, *Les Yeux précieux du serpent* (n° 78)

Nathalie Kuperman, *Le Contretemps* (n° 84)
Dany Laferrière, *Le Charme des après-midi sans fin* (n° 63)
    Pays sans chapeau (n° 72)
    Comment faire l'amour avec un Nègre sans se fatiguer? (n° 89)
    Le Cri des oiseaux fous (n° 100)
    La Chair du maître (n° 113)
    L'Odeur du café (n° 135)
    Cette Grenade dans la main d'un jeune nègre est-elle une arme ou un fruit? (n° 184)
Caroline Lamarche, *J'ai cent ans* (n° 80)
Koulsy Lamko, *La Phalène des collines* (n° 150)
Gaston Leroux, *L'Agonie de la Russie blanche* (n° 58)
Richard Lesclide, *La Diligence de Lyon* (n° 57)
Rosa Liksom, *Noir Paradis* (n° 130)
Hasse Bildt Lindegren, *Le Maraudeur* (n° 56)
Albert Londres, *Terre d'ébène* (n° 8)
    Pêcheurs de perles (n° 12)
    Le Chemin de Buenos Aires (n° 16)
    Marseille, porte du Sud (n° 22)
    Tour de France, tour de souffrance (n° 37)
    La Chine en folie (n° 43)
    Chez les fous (n° 44)
    Les Comitadjis (n° 45)
    Au bagne (n° 59)
    Le Juif errant est arrivé (n° 62)
    Dante n'avait rien vu (n° 67)
    L'homme qui s'évada (n° 81)
    Vision orientale (n° 164)
Florise Londres, *Mon père* (n° 105)
Earl Lovelace, *La Danse du dragon* (n° 85)
Lydia Lunch, *Paradoxia, journal d'une prédatrice* (n° 92)
Iouri Mamléiev, *Chatouny* (n° 61)
Marquise Mannoury d'Ectot, *Le Roman de Violette* (n° 154)
Monika Maron, *Le Malentendu* (n° 125)

Octave Mirbeau, *Contes de la chaumière* (n° 33)
　　Dingo (n° 47)
Kenji Miyazawa, *Traversée de la neige* (n° 11)
　　Train de nuit dans la Voie lactée (n° 21)
　　Le Diamant du Bouddha (n° 64)
Quim Monzó, *Olivetti, Moulinex, Chaffoteaux et Maury* (n° 14)
Richard Morgiève, *Legarçon* (n° 134)
　　Mon beau Jacky (n° 157)
Patrice Nganang, *Temps de chien* (n° 157)
Nkem Nwankwo, *Ma Mercedes est plus grosse que la tienne* (n° 51)
Émile Ollivier, *Mère-Solitude* (n° 2)
　　Passages (n° 121)
Toby Olson, *Seaview* (n° 143)
Juan Carlos Onetti, *Demain sera un autre jour* (n° 145)
Yambo Ouologuem, *Lettres à la France nègre* (n° 178)
Emine Sevgi Özdamar, *La vie est un caravansérail* (n° 174)
Sergi Pàmies, *Aux confins du fricandeau* (n° 4)
Christophe Paviot, *Les villes sont trop petites* (n° 138)
Gisèle Pineau, *La Grande Drive des esprits* (n° 86)
Iggy Pop, *I Need More* (n° 107)
James Purdy, *Je suis vivant dans ma tombe* (n° 15)
　　Chambres étroites (n° 28)
Raharimanana, *Lucarne* (n° 96)
Yotam Reuveny, *Du sang sur les blés* (n° 66)
Frank Ronan, *Un ange est passé* (n° 148)
Marcel Rouff, *La Vie et la Passion de Dodin-Bouffant, gourmet* (n° 25)
　　Les Devoirs de l'amitié (n° 32)
　　Au grand Léonard (n° 49)
Saintine, *Picciola* (n° 35)
Olivier Saison, *Lux* (n° 46)
Ane Schmidt, *Ham* (n° 152)
Moacyr Scliar, *Le Carnaval des animaux* (n° 53)
Adam Shafi Adam, *Les Girofliers de Zanzibar* (n° 30)
Helen Simpson, *Quatre jambes nues* (n° 99)

Natsume Sôseki, *Botchan* (n° 38)
   À l'équinoxe et au-delà (n° 109)
Aminata Sow Fall, *La Grève des bàttu* (n° 124)
   Le Jujubier du patriarche (n° 52)
Rabindranath Tagore, *Gora* (n° 146)
Benjamin Tammuz, *Le Minotaure* (n° 20)
Philippe Thirault, *Lucy* (n° 132)
Claude Tillier, *Mon oncle Benjamin* (n° 40)
Arturo Uslar Pietri, *Les Lances rouges* (n° 71)
Théo Varlet, *Le Roc d'or* (n° 50)
Abdourahman À. Waberi, *Cahier nomade* (n° 83)
   Le Pays sans ombre (n° 24)
Mats Wägeus, *Scène de chasse en blanc* (n° 48)
Marina Warner, *Un père égaré* (n° 3)
Dorothy West, *Le Mariage* (n° 118)
Amin Zaoui, *Sommeil du mimosa* suivi de *Sonate des loups* (n° 91)
   La Soumission (n° 122)
   Haras de femmes (n° 161)
Joost Zwagerman, *La Chambre sous-marine* (n° 117)

Impression réalisée sur CAMERON par

BUSSIÈRE CAMEDAN IMPRIMERIES

GROUPE CPI

*à Saint-Amand-Montrond (Cher)
en janvier 2004*

Dépôt légal : février 2004.
Numéro d'impression : 040242/1.

Imprimé en France